BORUTO《ボルト》 —NARUTO《ナルト》 NEXT《ネクスト》 GENERATIONS《ジェネレーションズ》—

NOVEL《ノベル》 5

忍者学校《アカデミー》最《さい》後《ご》の日《ひ》！

原作 岸本斉史・池本幹雄・小太刀右京
小説 重信康（チーム・バレルロール）

BORUTO
-NARUTO NEXT
GENERATIONS-
NOVEL 5

[ストーリー]

忍五大国を中心として結集した組織・忍連合が大筒木《おおつつき》カグヤを打ち倒し、第四次忍界大戦が終結。世界に平和が訪れる。

ナルトとヒナタが結婚。ボルトとヒマワリが誕生。

ボルトが忍者学校《アカデミー》に入学。サラダたちと同じクラスに。

STUDENT 忍者学校《アカデミー》［生徒］

秋道《あきみち》チョウチョウ
ポテチ大好き。チョウジとカルイの娘。

奈良《なら》シカダイ
「めんどくせー」が口癖でボルトの親友。

山中《やまなか》いのじん
口が悪いが悪気はない超獣偽画の使い手。

メタル・リー
ロック・リーの息子。努力家だが本番に弱い。

雷門《かみなりもん》デンキ
木ノ葉の大企業雷門グループの御曹司。

結乃《ゆいの》イワベエ
卒業試験に二度落ちている武闘派。

筧《かけい》スミレ
クラスの委員長。口寄せ獣・鵺《ぬえ》を操る。

伊豆野《いずの》わさび
男勝りなくノ一志望。なみだと仲がいい。

雀乃《すずめの》なみだ
ツインテールが特徴的なボルトの同級生。

TEACHER 忍者学校《アカデミー》［教師］

油女《あぶらめ》シノ
ボルトのクラスを担当する教師。蟲使い。

猿飛《さるとび》木《こ》ノ葉丸《はまる》
ボルトを幼い頃から知る上忍。特別講師。

はたけカカシ
六代目火影。

うみのイルカ
忍者学校校長。

みたらしアンコ
忍者学校教師。

FAMILY ボルトたちの家族

秋道《あきみち》チョウジ
チョウチョウの父。ポテチはコンソメ派。

奈良《なら》シカマル
シカダイの父。七代目火影を支える参謀役。

うずまきヒマワリ
ボルトの妹。母ヒナタと同じく白眼を持つ。

うずまきヒナタ
ボルトの母。白眼の持ち主で瞳術に長ける。

うずまきナルト
木ノ葉の里の英雄。七代目火影。

ボルトたちは、人のチャクラが暴走する〝ゴースト事件〟や、修学旅行先で発生した新・忍刀七人衆との戦いなどを経て、忍者学校《アカデミー》生ながらに、才能を開花させていく！

忍者学校《アカデミー》卒業、そして下忍へ！

CONTENTS

BORUTO
-NARUTO NEXT
GENERATIONS-
NOVEL 5

ANIMATION STAFF

[原　作]

「BORUTO -ボルト-
-NARUTO NEXT GENERATIONS-」

原作・監修：岸本斉史

漫画：池本幹雄　脚本：小太刀右京

（集英社「週刊少年ジャンプ」連載）

[総監督]

阿部記之

[監　督]

山下宏幸

[ストーリー監修]

小太刀右京

[シリーズ構成]

上江洲誠

[キャラクターデザイン]

西尾鉄也・鈴木博文

[脚　本]

重信康

大久保昌弘

本田雅也

第1章　油女シノの困惑

～下忍試験の内幕～

BORUTO
-NARUTO NEXT
GENERATIONS-
NOVEL 5

「下忍《げにん》試験の監督役を……六代目が⁉」

忍者学校《アカデミー》の校長室。

校長、うみのイルカからそのことを伝えられた油女《あぶらめ》シノは、彼には珍しく思わず大きな声をあげた。

目の部分を覆《おお》う特徴的なゴーグルの上からでも、驚きがありありとわかるほどだ。

「ああ。ご本人からの、たっての希望でね。まったく……いつもながら突然、突拍子もないことを言いだす人だよ」

イルカのいつも柔和な顔には、苦笑に似た表情が浮かんでいる。

下忍試験。それは下忍を目指《めざ》すアカデミー生たちの前に、筆記試験の次に立ちはだかる最後の関門だ。

筆記である卒業試験と実技である下忍試験を合わせて、晴れて下忍となる。

季節の流れは速いもので、今年度の下忍試験まで、もう残り一か月を切っていた。そんなタイミングで責任者が変わるなど、まずありえないことではある。

「本来の監督役は君だ、シノ先生。だから真っ先に、君がそれで構《かま》わないかどうかを確認したくてね」

「いえ……構わないも何も！」

慌《あわ》てて、首を横に振るシノ。

他の者ならいざ知らず、あの人物に不満などあろうはずもなかった。

六代目火影《ほかげ》、はたけカカシ。

第四次忍界大戦《にんかいたいせん》で勝利に貢献した英雄の一人であり、大戦後の混乱期を立て直した復興《ふっこう》の立役者。そして、現火影にしてシノの旧友でもあるうずまきナルトを、担当上忍《じょうにん》という立場から指導し成長させた師でもあるという、何重にも偉大な人物だ。

火影の地位をかつての教え子に譲り渡してからは、温泉地に逗留《とうりゅう》するなどして隠居にも似た暮らしをしているらしいが……そんな中わざわざ出張《でば》ってくれるのだから、喜ぶべきことだ。

「むしろ、光栄なことです。六代目が試験の監督役を買って出てくださるというのなら、私は喜んでその補佐に回ります」

思わず熱っぽい口調でまくしたてるシノ。

だが、イルカはそんな彼の様子《ようす》を見て、何やら複雑な表情を見せた。

「そうか……いや、シノ先生がいいならもちろん構わないんだが……」

「？」

シノは違和感をおぼえた。

イルカには珍しく、歯切れが悪い。

「あー、シノ先生。君は、六代目とそこまで付き合いが深くはなかったね」

「？　ええ、確かにそうですが、それが何か？」

イルカの言う通り、シノとカカシにあまり接点はない。

一方、イルカは同世代ということもあり、カカシとは長い付き合いだ。どうやら、認識のズレはそこに起因しているらしかった。

「いいかい、シノ先生。あの人は……六代目はだね。なんというか、ちょっと……『大人《おとな》げない』ところがあってね」

「大人げない……ですか？」

思わずオウム返しにしてしまう、予想外の表現が出た。

（六代目火影としての役目を立派に務めあげたほどの木《こ》ノ葉《は》の偉人が、大人げないとは一体どういうことだ……？）

困惑《こんわく》するシノ。

その表現は例えば、いまだにナルトへの対抗心を引きずって『本当ならオレが火影になるはずなのに譲ってやった』などと吹聴《ふいちょう》している犬塚《いぬづか》キバや、子供相手に容赦《ようしゃ》なく毒舌をぶつける山中《やまなか》サイといった、彼の友人の一部にならふさわしいだろう。

だが、あのいつも飄々《ひょうひょう》として、いざという時には頭の切れる六代目が……？　シノの中のカカシ像と、イルカの評はなかなか結びつかなかった。

「いまいちピンとこないという顔だね、シノ先生」

「は……あ、いや……」

内心を見透かされ、しどろもどろになるシノ。

そんな様子を見て、イルカは再《ふたた》び苦笑混じりの笑顔を浮かべた。

「まあ、いずれわかると思うよ。だから、試験にあたって六代目の『そういう面』が表に出た時は気をつけてくれ。私から言えることは、それだけだ」

「は、はぁ……？」

相変わらず飲み込めない顔のシノを尻目に、校長机の上で両手を組んだイルカは、一つ短いため息を漏《も》らした。

それはどうやら、この場にいないカカシに向けられたものらしかった。

＊　＊　＊

翌日。

いつものように授業を終えたシノは、同じく教師を務めるみたらしアンコと共《とも》に、職員室奥の応接室でカカシとの顔合わせをすることになった。

「やあ、ゴメンね急にこんなこと頼んじゃってさ。ま、一つよろしく頼むよ」

カカシはいつものように口元を布で隠したスタイルで、どこか眠たげにも見える目をウインクさせた。元火影という肩書にそぐわない、拍子抜けするほど軽い挨拶《あいさつ》だ。

もう結構な年のはずだが、シノの子供時代から外見も声もあまり変わっていない。五代目火影の綱手《ツナデ》のように、何か若返りの秘術でも使っているのかと思ってしまうほどだ。

「こちらこそよろしくお願いします、六代目。このたびは、下忍試験の監督役などという役目をわざわざ買って出ていただき、大変光栄に……」

「あ、ところでもう一人いるんだよね？　試験官の教師ってさ」

シノの懇切《こんせつ》丁寧すぎる挨拶は、ボルトたち悪ガキにいつもそうされているようにあっさり遮《さえぎ》られてしまった。

「ああ、私とシノ先生の他には、木ノ葉丸《こはまる》先生がそうですね。彼は非常勤の講師で、今は任務に出ているので……まぁ、戻ったら私が伝えときますよ」

「んじゃ、それで。ま、適当に頼むよ、適当に」

アンコの答えに、またも飄々と答えを返すカカシ。

まさに本人が言う通り『適当』なノリである。

（……確かに、思った以上に感じが軽いな……）

尊敬すべき立場の人物がこんな具合だと、どうも調子が狂ってしまう。なるほど、イルカ先生が事前に注意をうながしてくれたのはこういう部分なのだろうか。

「ところで六代目。肝心の、下忍試験の内容についてなのですが……」

「ああ、そうだったね」

今回の集まりの議題。

それは、下忍試験の具体的内容をどうするかという話し合いだった。

一般的なペーパーテストである卒業試験と違い、下忍試験には『決まった型が存在しない』という奇妙な伝統がある。

つまり毎年毎年、試験官の一存で試験形態が変わるのだ。

試験官との組手《くみて》や、生徒同士の競争、あるいはそれらが複合した内容まで……忍者とし

て実戦で求められる能力が多岐にわたるため、いかなる形で総合的な実力を見極《みきわ》めるかも、自然と試験官のスタイルによって変わるというわけだ。

だからこそ、担当する人間が誰になるかは、ある意味、難易度と結果を大きく左右する重要点ともいえる。

「それなんだけどさ。オレのほうでアイデア出してみたんで、ちょっと二人とも見てくれるかな」

そう言って、カカシは取り出した巻物をいそいそと広げ始めた。

（なるほど、すでに具体案が……さすがは六代目だ）

シノは内心、ホッとした。叩《たた》き台《だい》になるアイデアをこの時点で用意してきてくれるとは、自分から監督役を買って出てくれただけのことはある。

尊敬するイルカを信じないわけではないが、『大人げない』というのは言いすぎだったのではないか。

（やはり、火影を務めた方は違う……！）

軽いノリに不安をおぼえた自分を、シノは恥じた。

だが、さっきまでの困惑が拭《ぬぐ》い去《さ》られ、口元に笑《え》みを浮かべたシノの表情が……広げられた巻物を一目見るや、一気にひきつった。

「題して……『風雲！　カカシ城』ってね」

「……は？」

どどん、とそこに描かれていたのは、大名の住むような巨大な城の墨絵《すみえ》の図解。

よく見れば四階層に分けられた天守閣《てんしゅかく》には、何やら細々《こまごま》と解説の文字やら、デフォルメされた忍者らしき絵やらが書き込まれている。

すべてが、無駄なまでにやたらと凝《こ》っていた。

「あ、一番上の階にいるこれがオレね。城主役ってことで。下の階層を一つずつ、シノ先生たち三人の試験官に担当してもらって、生徒たちには頑張って登ってきてもらうっていう、まぁ王道的なやつ？」

言葉を失い、固まるシノの前で、カカシの説明が続く。

（な、なんだこれは……何を言ってるんだ、この人はっ!?　下忍試験はバラエティ番組じゃないんだぞ！）

ネーミングセンスから何から、さっぱり理解できない。

思わず、助けを求めようとアンコに目線をやるシノだったが、

「これ、一番手がアタシってちょっと扱《あつか》い悪くありません？　それに四天王《してんのう》って考えると紅一点は二番手とか三番手がセオリーじゃないかしら」

「あー、やっぱそう思う？　んじゃ、一番手は木ノ葉丸先生でいっか」

（あ、アンコ先生までもッ⁉）

すっかり適応して話を合わせている同僚の様子に、いよいよ焦るシノ。

もしかしてこのノリについていけない自分のほうがおかしいのでは……と流されかかる思考を、彼は頭をぶんぶん振って慌てて振り払った。

「って、ちょっと待ってください、六代目！」

「ん？」

思わず立ち上がって大きな声を出したシノに、カカシとアンコの視線が集まる。

「いや、いくらなんでもこれは……ムチャというか適当というか、下忍試験は遊びではないのですよ⁉」

「イヤ、それはわかってるつもりなんだけどね」

今そんなことを言われても、本当にわかっているのかどうか疑わしくすらある。

期待が大きかっただけに、シノのカカシに対する不安感は反動で一気に増大していた。

「コホン。ま、冗談はこのくらいにして……アタシは面白《おもしろ》いと思うけど、どっちにしろこの案は却下《きゃっか》だと思いますよ、六代目」

マイペースのまま割って入ったのはアンコだ。

「え、なんで？」

「なんでも何も……こんなものを今から建てる予算と時間、どこにあるんです？」

「え〜、なんとかなんない？　どうしても、ダメ？」

食い下がるカカシ。

「どうしてもです」

「自信作だったんだけどなぁ……やっぱダメかあ」

名残《なご》惜《り》しそうに巻物をくるくる巻いてひもで閉じる元火影。

そのあっさりした態度からは、本気でやってみたかったのか、それとも冗談のつもりだったのか、それすらも読み取れない。

いや、場を和《なご》ませる冗談にしては、さっきの絵は気合いが入りすぎていた気がした。

「んじゃ、あらためてアイデアを出し直してってことで……どしたの、シノ先生？」

「い……いえ……」

一連のやり取りですでに、シノは胃が痛くなるのを感じた。

(不安だ……本当に、この人に監督役を任《まか》せてしまって大丈夫なのだろうか……？)

なるほど、イルカが釘を刺した意味がやっとわかった気がしたシノなのであった。

＊　＊　＊

「まったく……六代目は、どういうつもりなのだ……？」

夕暮れの校舎。

シノは首をひねりながら、ひと気のない廊下を歩いていた。

あれから結局、これといったアイデアも出ずに最初の話し合いは終わり、解散となった。

いや、正確にはカカシはいくつかの別案を口にしたのだが、どれも実現が難しいものや試験に適当かどうか疑わしいものばかりで、結局片《かた》っ端《ぱし》からアンコに却下されてしまった。

もちろんカカシにも何か考えがあるのだろうが、シノにはまるでそれが読めず、困惑ばかり先に立つ。

（試験の形式はあの人の判断に任せるつもりだったが……これは、自分やアンコ先生が決めたほうがいいのかもしれない）

そんな考えすら浮かんでしまう。

ふと、シノの視線が窓ガラス越しに、夕闇《ゆうやみ》に包まれつつあるグラウンドへと移った。

（あれは……）

そこでは黄色がかった金髪の生徒が、軽快な足取りで校門のほうへと向かっている。ちょうど下校するところのようだ。

(ボルト、か)

うずまきボルト。

シノが受け持つ生徒の中でも最大の問題児といえるトラブルメーカーだが、同時に両親譲りの才能をすでに開花させつつある天才児でもある。

他の生徒たちは多かれ少なかれ、次第《しだい》に迫《せま》りつつある下忍試験に不安を感じているだろうが、ボルトがそうでないことはステップの軽快さからも伝わってくるようだ。

隣《となり》には、友人の奈良《なら》シカダイやミツキの姿もある。

その三人の組み合わせは、シノにある事柄を思い出させた。

彼らのクラスを担当してまだ日が浅い頃、ミツキが音隠《おとがく》れの里から転校してきて間《ま》もない時期に発生した、とある忘れがたい事件の記憶だ。

「ボルト……オレは、お前たちには返しきれない借りがある」

思わず、真剣な表情で独《ひと》り言《ごと》を口にするシノ。

不可抗力とはいえ、あの『事件』の直後、彼は一度は教師を辞《や》めようとすら考えた。それが今こうして続けていられるのは、生徒たちに支えられているからこそだとシノは考えている。

「だからこそ、お前たちに……いや、オレが担当したすべての生徒に対して、オレは全身全霊で教師としての責務を果たさなければならない」

下忍試験は、いわばそのための最後の舞台だ。

愛する生徒たちの力をしかと見極め、忍者の世界へと送り出すために、教師として完璧《かんぺき》なものにしなくてはという想《おも》いがあった。

卒業しても指導は続くとはいえ、どうしても接点はこれまでより少なくなる。だからある意味ではこれが、担当教師として彼らにしてやれる最大最後のことなのだ。

思うようにいかないカカシとのやり取りがシノを焦らせているのも、その責任感があればこそだった。

もちろん火影という、里の未来を誰よりも思う立場にいた人物だ。いい加減な気持ちで監督役を買って出たわけではさすがにないだろう。そこは疑ってはいない。

だが今はシノのように日々、生徒たちに接し続ける場にいるわけではない。温度差は、そういうところから発生しているのではないか。

(次の話し合いでは、この試験がいかに大事なものであるかを自分の言葉で伝えてみよう。そうすれば六代目だって、きっとわかってくれるはずだ……)

シノはそう気を取り直し、再び廊下を歩きだした。

＊　＊　＊

次の日の放課後。

珍しくホームルームを早く終えたシノは、再度の打ち合わせのために今日も応接室にやってきた。

時間が早かったせいかカカシはまだ到着しておらず、ちょうどアンコが机の上に参加人数分の紙束を置いている最中だ。

「アンコ先生、それは？」

「六代目から送られてきた、新しい試験アイデアとのことですよ」

なるほど、本人より先にこれが届いたらしい。

「今回は自信作ですって」

そう言うからには今度こそ、まともな案を期待していいのだろうか……？　シノは好奇心を抑《おさ》えられず、それを手に取ってパラパラとめくった。

と、最初のほうを読み終えたあたりで、ピシッと石像のようにシノは硬直してしまった。

「こ、これは……!?」

「……シノ先生？」

異変に気づき、アンコが怪訝《けげん》な顔をする。

紙束から顔を上げたシノの顔色は、明らかに普通ではなかった。

「あ、あの方は……六代目は、一体何を考えておいでなのだ――!?」

「え!?　どういうことなの？」

困惑するアンコに、シノは最初のほうのページに書かれた一文を指差《ゆびさ》してみせた。

そこには、確かにはっきりと書かれていた。

『試験官カカシが腰に付けた一つの鈴を奪えた者だけが、合格できる』――と。

あのカカシから鈴を奪ってのける……その難易度の高さ自体も凄《すさ》まじい。だが何より問題なのは。

鈴が一つしかない、ということだ。そして試験の概要には、生徒全員同時参加の一回きりのチャレンジだと明記されていた。

それが意味するところは、明白だった。

「たった一人しか合格者を出さないというつもりなのか、六代目は……！」

もちろん、基本的に全員が合格できるような甘い試験ではない。実際、総数の半分以下しか合格できなかった年もある。

だが、ただ一人というのはさすがに……。

何よりも、この形式ではどんなに優秀でも、どんなに努力しても、絶対に一人を除いて合格できないということになる。

「確かに、これはちょっと変ね……」

それはいくらなんでも理不尽《りふじん》すぎるのではないかと、シノは怒《いか》りにも近い感情を抱《いだ》いた。

叩きつけるように紙束を置き、席を立ち上がる。

「シノ先生、どこへ？」

「……イルカ校長に、かけ合ってきます」

「校長に？　それってまさか……」

ハッとするアンコに、シノは重々しくうなずいた。

「クラス担任として、いえ、アカデミーの教師として、さすがにこんな試験は看過《かんか》できません。考え直して……いえ、場合によっては、六代目は監督役から外《はず》れていただくように進言します」

ぴしゃりと断言し、足早に部屋を出ていくシノ。

「あ、ちょっとシノ先生！」

残されたアンコは、どうしたものかと首をかしげた。いつ来るかわからないカカシと入れ違いになる可能性もあるので、自分までここを離れるわけにはいかない。

仕方なく、紙束に書かれた試験内容を、最初から最後まで通して読んでみることにした。と、ページをめくる手が、ある一か所で止まる。

「……あら？　これって……もしかして」

＊　＊　＊

シノは今にもあふれ出しそうになる激しい感情をなんとか抑え込みながら、アカデミーの廊下を足早に進んでいた。

あいにくイルカは校長室には不在だったが、シノには居場所を探す手段があった。

油女一族の忍《しのび》が体内に飼う無数の虫――寄壊蟲《きかいちゅう》。

さまざまな特性を持つそれらの中には、覚えさせたチャクラに反応してその持ち主の居場所を探知できる個体もいる。

今、シノを先導する形で少し前を飛んでいる小さな羽虫がそれだ。イルカのいる場所まで導《みちび》いてくれるだろう。本来なら緊急時しか使わない手段だが、この際やむを得ない。

これではイルカの言った『大人げない』どころではない。

一刻も早く伝えねば、そして阻止せねばという思いがあった。

生徒の未来を第一に考えるイルカならわかってくれるはずだ。

（いや、あの方だってそうだと思っていたのに。六代目……どうしてあんなことを）

シノを困惑させたのは、一人しか合格者を出さないという狭すぎる試験の難易度そのものだけではなかった。

そう宣告してたった一つの席を争わせるのだから、これは生徒同士を煽《あお》り、未来を賭《か》けての潰《つぶ》し合《あ》いをやらせるようなものだ。あまりに残酷《ざんこく》すぎる。

せっかく長い時間をかけてまとまった仲の良い生徒たちが、将来のために友達を、クラスメートを蹴落《けお》とさなくてはならない状況に追い込まれる……そんな光景、シノは想像したくもなかった。

こうなったら断固として、自分が生徒たちを守る盾《たて》とならなくてはならない。

たとえ相手が、大戦の英雄にして木ノ葉隠れの里復興の立役者、あの六代目火影であろうとも――！

決心を新《あら》たに拳《こぶし》を握り、廊下の角《かど》を曲がったその時。

危うく激突しそうな勢いで、一人の青年忍者と出くわした。

「っとと！　……シノ先生じゃないですか、コレ！」

「!?　木ノ葉丸先生」

特徴的な語尾で目を丸くしたのは、猿飛《さるとび》木ノ葉丸。

三代目火影ヒルゼンの孫であり、今の里でも屈指の実力を持つ上忍の一人だ。どうやら任務を終えて、里に戻ってきたところらしい。

「ちょうど今から、例の試験についての会議に参加しようと来たとこなんですが……どうしたんです、慌てて？」

「いや、それが……実は」

少し迷った後、シノはとりあえず木ノ葉丸に、事情を打ち明けることにした――。

＊　＊　＊

「……なるほど。それは確かに変ですね、コレ」

壁に背を預けて腕組みしながら、話を聞き終えた木ノ葉丸は首をかしげた。

「もちろん、先の五影《ごかげ》会談でも話題に出たように、新たな世代の教育問題はどこの里でも頭の痛い問題です。だから、あえて厳しくしたと見ることもできますが……」

「……それはわかっているつもりです」

あの第四次忍界大戦を乗り越え、忍界が平和を取り戻して十五年以上。

ボルトたちのように戦争を知らない世代の割合が着々と増えてきている今の世は、過酷《かこく》な昔を知る者たちからすれば『平和ボケの時代』と揶揄《やゆ》されることも少なくない。

里に生まれれば、忍になることが第一の選択肢だった頃とは違う。

それは確かに自由で幸せなことだが、同時に『何のために忍になるのか？ 本当に忍になりたいのか？』という疑問に一人一人が向き合わなくてはならない時代でもある。

五つの里の交流が活発化したことで育成メソッドを交換し合えるようになった影響もあり、教育水準それ自体は飛躍的に向上した。

だが、精神的な『やる気』の面ではどうかというと、これは逆に低下していると言われても反論できない。

アカデミーの入学志願者数も、卒業して実際に下忍になる人数も、全体的に年々低下しているのが実情だ。

それはシノ自身、少し前に実施した三者面談で嫌というほど思い知らされた。何がなんでも忍になりたい、とはっきり答えられる生徒はごく少数だった。

ボルトなどは、忍者になってやりたいことがあるわけでもない——と臆面《おくめん》もなく口にし、シノと母ヒナタを困惑させたほどだ。

「ですが、それで厳しくするのと理不尽とは違う。最初から生徒たちの未来を閉ざすような試験はやりすぎだ。木ノ葉丸先生だって、あれを読めば同じ感想を抱くはずです」

ぎりっと拳を握るシノだったが……木ノ葉丸のほうはというと。

しばらく無言で何かを考えた後、慎重《しんちょう》に口を開いた。

「オレはその文面を直接読んだわけじゃないので、断言はできませんが……もしかしたら、そう考えるには少し早いかもしれませんよ、コレ」

「……どういうことでしょうか？」

シノに向き直り、言葉を選んで話し始める青年忍者。

「あの六代目が、時に非情と言えるほどにシビアな決断を下す人であることはオレも知ってます。だけど、決してただ理不尽なだけの試練を他人に課す人じゃあないとも思います」

「それは……」

確かに一理ある。シノだってそう思いたい。

だが、現にあの試験内容を見せられては……。

「こうは考えられませんか？　もし理不尽に見えるなら、そこには『理不尽である意味』がある……のではないかと、コレ」

「理不尽である、意味……？」

奇妙な概念だった。

だが、直観的に、その捉《とら》え方《かた》は正しいのではないかと感じられる一面があった。

自分が見落としている可能性が、そこに隠されているような……シノは続きを知りたくて、思わず身を乗り出した。

「では木ノ葉丸先生、それは具体的には……？」

「いやぁ、そこまではわかんないんですけどね、コレ！」

苦笑して頭をかく木ノ葉丸に、拍子抜けしてずっこけかけるシノ。

「ですが、まあそれこそ六代目のお考えがあるんじゃないですか？　それを聞いてからでも、遅くはないと思いますよ」

「確かに……」

そうかもしれない。カッと頭に血が上《のぼ》って応接室を飛び出したのは早計だったと、シノは自分の行動をいささか反省した。

とはいえ、カカシへの不安感が消えたわけではない。

同時に、木ノ葉丸への疑問が思わず口をついて出る。

「木ノ葉丸先生。あなたは六代目を強く信じておいでなのですね」

自分の中で揺らいでしまったそれが、同じく直接師事したわけではない木ノ葉丸の中では揺るぎないものであるように見えた。

シノはふと、その理由を聞いてみたくなったのだ。

「え？　まあ、それはそうでしょう。だって――」

青年忍者はニカッと、屈託《くったく》なく、誰かを連想させる明るい笑みを浮かべて答えた。

「あの人は、七代目……いえ、ナルト兄《にい》ちゃんの『先生』なんですから、コレ」

「……！」

木ノ葉丸の言葉は、シノの胸に響いた。

同時に自分は現役の教師として、カカシの実力や実績はともかく、教える者としての能力に漠然《ばくぜん》と疑念を抱いていたのだと気づいた。

だが、考えてみればそこに疑う余地はない。今や伝説のナンバーとなった第七班……そしてもっとも偉大な忍者となった男を育てあげたのは、他ならぬカカシだ。

思えばだからこそイルカも、突然の監督役の申し出を承諾《しょうだく》したのではないだろうか。

あの二人はかつて、ナルトという稀代《きたい》の悪ガキの成長を共に見守ってきた仲でもあるのだから。

そして木ノ葉丸にとって、カカシは祖父の後継者であると同時に、尊敬するナルトの師なのだ。

彼はナルトを信じているように、カカシの教え導く者としての手腕を信じている。

そう、ナルトがカカシを信じているように。

「そうか……そうですね。木ノ葉の忍として生きる我々が、そこを信じない道理はない」

シノはいくぶん和《やわ》らいだ声で、深々とうなずいた。

「一緒に応接室に戻りましょう、木ノ葉丸先生。あなたの言う通り……もう一度、六代目とちゃんと話をしてからで遅くないと、今はそう思えます」

少しだけ照れくさそうにシノが言うと、木ノ葉丸も笑顔を返した。

＊　＊　＊

十分後。

応接室に集まった四人の中で、一人赤面して頭を下げるシノの姿があった。

「いや、本当に面目《めんぼく》ない……！　私は、六代目の真の意図を見抜けていませんでした……！」

「いーよいーよ、オレもどうせ口で説明すりゃいいやと思って紛《まぎ》らわしい書き方しちゃったしね」

あくまでニコニコと、気にしたふうもなく返すカカシ。

そう――結論から言えば、『一人しか合格者を出さない』などという意図は最初からカカシにはなかった。

書かれていたアレは『生徒たちにそう誤解させる目的の、フェイクとしての条件』だったのだ。

「そう思わせるのは、極限状況で生徒たちの覚悟を問うため……というわけね」

アンコが補足する。

彼女はあの後、プリントされた紙束の最後のほうに書かれていた内容から、その真意に気づいたのだ。

「そゆこと。ま、こう言っちゃなんだけど忍者になるってことを甘く考えてる生徒も多いようだからね。荒療治だけど、理不尽なギリギリの状況に叩き込まれなきゃ実感できないこともある」

鈴を取らなければならないという条件すら、実はフェイクだ。

カカシが試そうとしているのは、制限時間が尽きるまで、諦《あきら》めずに自分に向かってこられるか……その精神性だった。それこそが忍にふさわしい適性なのだ。

「ですが、それで仲間を蹴落として自分だけ合格しようと考えるなら、それこそ失格……ってことですね、コレ」

「そうさ。仲間を見捨てるようなヤツは、ただのクズだからね」

忍として任務をこなす以上、数々の理不尽な現実が目の前に立ちふさがる。

そこで必要とされるのは二つ。

絶対に諦めないド根性と、最後まで仲間を見捨てないチームワークだ。

カカシはそれらを同時にテストする意図で、この一見無茶な状況に彼らを放り込もうとしている。まさに木ノ葉丸の推測通り『理不尽である意味』がそこにはあったのだ。

「でも、あの子たちはそこに思い至れるかしら？　いくら、裏の裏を読むのが忍者だといつも教えているとはいえ……焦りで目が曇《くも》って、誰もそこに気づかなかったら？」

アンコが少し心配そうに口にした。

確かに実際の試験では、巧妙に言葉を選んで『一人だけが合格』とは明言しないようにされるとはいえ、現にシノが勘違いしたようにそう思い込ませるところからスタートする。

その意味で、厳しい試験であるのは間違いない。

だが、カカシが口を開く前に、

「いや……それは大丈夫だと思います、アンコ先生」

シノがゆっくりと、だが確信を込めて言った。

「悪ガキが多いクラスですが、同時に頭の切れる者も多い。最後まで諦めない気持ちだって、あいつらはちゃんと持っています。なぜなら――」

一拍置いて、はっきりと口にする。

「――それがこれまで私が見てきた、生徒たちの姿だからです」

目を細めてそれを聞いていたカカシが、うんうんとうなずいた。

「オレもそう思うよ。んじゃ方針が決まったところで、細かいところを詰めてくことにしようか……」

＊　＊　＊

「……六代目！」

滞《とどこお》りなく試験の打ち合わせが終わり、茜色《あかねいろ》の夕暮れが校庭を染める中。

校門を出る直前のカカシを、シノが呼び止めた。

「なに？」

「その……あらためて、お詫《わ》びの言葉を申し上げたくて」

追ってきてまで姿勢を正そうとするシノに、カカシはひらひらと手を振る。

「いいよいいよ、あの早とちりのことなら、オレにも非があったし……」

「……いえ。それだけではありません」

さっきよりもさらに真剣な語調に気づき、カカシの足が止まった。

「私は、あなたのやり方を疑念の目で見てしまっていました。そもそもなぜ、その思いが芽生えたのか……今思えば、私はあなたにかすかな反発心を抱いていたのです。監督役として、下忍試験に乗り出してきたあなたに」

「ま、無理もないと思うよ。教師としての最後の大仕事に、アカデミー勤めでもないオレがあとから割って入ったんだもんね。そりゃいい気はしないさ」

ごく当然とばかりにうなずくカカシの言葉に、シノへの悪感情は欠片《かけら》も見当たらない。

それがなおさら、シノを申《もう》し訳《わけ》ない気持ちにさせた。

今なら、はっきりとわかる。

心のどこかで、シノはカカシに言わば嫉妬《しっと》していたのだ。

教師として生徒たちを見てきたのは、喜怒哀楽を共にしてきたのは自分なのに、六代目火影というだけで割り込んで——そんな思いがなかったといえば、ウソになる。

「理由はどうあれ、それは私情です。大切な試験の運営に私情を持ち込むなど……大人げない態度でした」

それこそが、カカシにはっきり謝《あやま》りたかったことだった。

大人げないのは自分のほうだった、とシノは恥じた。

申し訳なげに頭を下げるシノに対し、あくまでカカシは穏《おだ》やかな顔で歩み寄る。

「教師だって人間さ。実は……オレが監督役を買って出ようと思った理由の一つも、その辺にあってね」

「え？」

腰に手を当て、火影岩をバックにそびえ立つ校舎を振り返るカカシ。

「シノ先生が、あいつらを可愛《かわい》がっていることはよく知ってる。だからこそ下忍になれるかどうかがかかったギリギリの局面で、非情に徹してみせるのは辛《つら》いんじゃないだろうかってね」

「！　それは……」

それとこれとは別です、と言おうとしたシノだったが。

「もちろん、普通なら割り切れるとオレも思う。でもシノ先生の場合、それ以上の『負い目』があるよね。あの事件で、ボルトたち三人に救われた……っていう、ね」

「………！」

ミツキの転校と時を前後して発生した、通称ゴースト事件のことだ。

あの一件で異界の存在『鵺《ぬえ》』の精神操作を受けたシノは、ボルト、ミツキ、シカダイの三人に襲いかかった。激闘の末になんとか正気に戻り事なきを得たが、そのことはシノの中にしこりとして残った。

ナルトたち上層部や、ボルトたち当事者が不可抗力だといくら許しても、生徒を危険な目に遭《あ》わせてしまったという自責の念は、他ならぬシノ自身がそう簡単に割り切れるものではない。

「それに生徒たちにしてもさ、『優しいシノ先生』が相手じゃなかなか、いつもと違う真剣勝負の試験だっていう意識は持ちにくいかもしれない。その点、オレなら大丈夫さ。なんせあの子らにとっちゃ縁遠い『六代目様』だもんね」

ま、ボルトみたいに下手《へた》に付き合いが古いせいでオレを舐《な》めてるヤツも中にはいるけどね……と、苦笑するカカシ。

一方シノは、ほとんど感嘆に近い思いを抱いていた。

カカシがそこまで考えて名乗り出たということ、そして生徒たちだけでなく、他ならぬシノの内面まで少ない情報から分析していたこと。

何より、シノの代わりにあえて『憎まれ役』を演じようとしてくれている。

天才忍者にして六代目火影、只者《ただもの》ではないその実力と人間力の片鱗《へんりん》を、あらためて目《ま》の当《あ》たりにした思いだった。

「ま！　でも、それはどうやらオレの考えすぎだったみたいだ」

「……え？」

「だってシノ先生、さっきの会議中にはっきり言ってたでしょ。あいつらなら大丈夫だと思う、ってさ」

確かに、そう口にした。

「シノ先生はちゃんと、自分の生徒の実力と覚悟を信じてる。もしオレがいなくても、その時は心を鬼にしてあいつらに最後の試験を課すつもりでいたってことだ……信じているからこそね」

「それは……確かに」

確かに当然、シノはそうするつもりだった。

生徒のことを思うのと、甘やかすのはまるで違う。

それで最後に生徒に嫌われても、そうするのが教師としての最後の役目だとごく自然に考えていた。

「つまり、オレの懸念《けねん》は考えすぎだったってこと。見くびっちゃったこと、こっちこそ謝るよ。ゴメン」

「ろ、六代目!? ちょっ、あ、頭を上げてください！」

一転、慌てるシノ。

「あ、そうだ。一つお願いがあるんだけどさ」

どこまで冗談なのか本気なのか、けろりとして頭を上げたカカシが今度はそんなことを言ってきた。

「学校で『六代目』呼ばわりはどーにもやりにくい。同じ試験官って立場になるんだし、試験の準備中くらい――『カカシ先生』って呼んでくれない？」

「！ それは……はい、そう望まれるのでしたら」

「サンキュー。ああ、アンコ先生たちにも言っといてね。んじゃ、試験が終わるまでの短い間だけど、先生同士としてヨロシクね」

いつもの眠たげな目で、右手が差し出される。

（カカシ……『先生』か）

なんとも懐《なつ》かしい感じのする響きだ。

少年時代、ナルトがよく通る声でその名を呼んでいたことが、ありありと思い出される。

「こちらこそよろしくお願いします。カカシ先生」

どうやら、自分にとっても学ぶところの大きい下忍試験になりそうだという実感を得つつ、シノはカカシと握手を交《か》わすのだった。

――試験当日、鈴を奪うために全力で食い下がるボルトに対し、思わず本気を出してしまうカカシの姿を見て、イルカの言う『大人げない』の意味をシノがようやく真に理解することになるのは……もうしばらく先のことである。

第2章　スキヤキの日

忍者の日常とは、退屈なものである。アンニュイな日常の中でいかにして自己を確立し、混迷する現代をどのようにして生き残るか……それがオレたち〝戦後の忍者〟の宿命と言えるかもしれない。

オレ――無事下忍《げにん》試験を終え、忍者学校《アカデミー》卒業を控えた一生徒であるところの奈良《なら》シカダイにとって、そうした退屈を回避するイベントをいかに設定するかは、日々の重大事だ。

その意味において、オレの友人、あの愛すべきボンボン、うずまきボルトなどはとかくルーチンワークに陥《おちい》りがちな毎日において、欠かせないスパイスである。

「どうしたんだってばさ、さっきから」

ボルトがオレの顔を覗《のぞ》き込《こ》んだ。

他の人間がやるとイヤミになりかねないこの動作だが、親父《おやじ》は七代目火影《ほかげ》、母親は名門・日向《ひゅうが》のお嬢さまというこの親友にかかると、妙な可愛《かわい》げ、とでもいうべきものがある。

だが、それも時と場合による。

「どうってことねーよ。ちょっとめんどくせーな、って思ってただけだ」

面倒くさい。

それもまた、オレの偽《いつわ》らざる本音である。

朝メシのオニギリを頬張《ほおば》るのも、母ちゃんの目を盗んでゲームをするのも、課外授業で手裏剣《しゆりけん》を打つのも、大体のことはオレにとっては面倒くさい。

面倒でないのは、息をすることくらいだ。これは頭を使わなくてもいい作業だからである。呼吸法の授業で息を意識的に〝する〟のは、もちろん面倒くさい。

そういうことである。

「面倒くさいって、スキヤキがか!?」

「まあな」

「いやいやいやいやいや、ねーだろ！　スキヤキだぞ！」

なぜこの男は、アカデミー卒業を控えて忍者になろうかという年になって、ここまでスキヤキで盛り上がれるのだ。

いや――盛り上がれるほうが普通なのだろう。

オレは、目の前にある巨大な漆黒《しつこく》の鍋を改めて見た。

黒い。

夜闇《よやみ》のように黒い、錬鉄《れんてつ》の鍋である。

直径、六十センチ。かなり、でかい。二本のこれまた錬鉄で出来た、漆黒のツルがなんとも頼もしい。昨今はコンセントから電力を取る電熱式スキヤキ鍋や、ＩＨ対応のフッ素樹脂《じゆし》加工万能スキヤキ鍋、というものもあるらしいが……。

やはり、スキヤキの加熱効率と保温効果とを考えると、こうしたクラシックな錬鉄製のスキヤキ鍋こそが望ましい。スキヤキをやらない時はいつも食器棚をふさいでいて、他に何に使うわけでもなく、ただ一年に一度か二度、ハレの日を支えるために存在する鍋――それがスキヤキ鍋である、とオレは十年とちょっとの長い経験で学んでいた。長くないかもしれないが、学んだのだ。

そして、そのスキヤキ鍋を支えるガスコンロである。鋼鉄の五徳《ごとく》によってがっちりと鍋の重みを支えるガスコンロには、忍《しのび》の生活を支える五影《ごかげ》のような風格があるといっても過言ではないだろう。今日日《きょうび》流行のカセットコンロではなく、元栓に直結されたガスのホースがまたいい。

だが――「問題はそこではない」のである。

「どこなんだ、シカダイ」

いかん。

思考が口に出ていたらしい。

落ち着け、オレ。

「まあ、色々あんだよ」

「あんのか」

「あるんだ」

「あるならいいんだ」

ボルトがバカで――いやもとい、物わかりのいいナイスな友人で助かった。

つまり、だ。

整理すると、こういうことである。

これからスキヤキを食うのである。

それが問題なのだ。

もちろん、スキヤキが嫌いなわけではない。

いや――鍋物の中ではもっとも好きだ、と言っていい。

だからこそ――問題なのだ。

＊　　＊　　＊

面倒だが、順を追って説明しよう。

まず、スキヤキとはどのような料理なのか。

一般にスキヤキとは、『肉を鍋で焼いて食う料理』である。

えらく曖昧《あいまい》だ、と思うかもしれない。

スキヤキなんだから牛肉だ、と思うかもしれない。

しかし、そこから過《あやま》ちは始まっている。

本によると、そもそも、農機具の鋤《すき》を転用した肉の鉄板焼きをして、〝鋤焼き〟と言ったらしい。また、〝好きなものを入れて焼く〟から〝好き焼き〟とも言い、趣味人がやるので〝数寄《すき》焼き〟とも言う。

どれが真実かは、わからない。

いずれにせよ、最初の忍界大戦《にんかいたいせん》より昔、肉を食う、ということが今よりもはるかに特別な行為であった時代に生み出された調理法の一つだ、と考えていいだろう。

つまり、鶏肉《とりにく》でも豚肉《ぶたにく》でも魚肉でもスキヤキは成立する。

とはいえ――現代の忍界において、スキヤキは『薄切りの牛肉を鍋で焼いて食う料理』という説明で、おおむね全員が納得するのではなかろうか。

納得してくれ。

頼む。

話をフェアにするために解説しておけば、オレの家のスキヤキは母ちゃんの実家である砂隠《すながく》れの味であり、まず牛脂《ぎゅうし》を鉄鍋で温め、脂《あぶら》が行き渡ったらダシ取り用の牛肉をよく焼き、味が染み出たところで大量の醤油《しょうゆ》と砂糖、そして野菜を投下する。あとは、野菜から出た水気に牛肉のダシが染み込んだ甘いタレで追加の牛肉を煮込み、これを生卵にくぐらせて食うのである。

言うまでもないが、旨《うま》い。

とにかく醤油と砂糖をケチらないのがコツだ。

加熱され醤油の味の加わった砂糖の甘塩《あまじょ》っぱさがダシに加味されて、ソースのようになり、まるでテリヤキ雷《かみなり》バーガーぐらい旨い。至福の一語だ。

だが、これはあくまでオレの家のスキヤキの話である。

そこが問題だ。

例えば、オレの親友、うずまきボルトの家のスキヤキは、恐るべきことに砂糖を入れない。

ダシ取り用の肉を焼くところまでは同じだが、ボルトの家ではここに醤油と味醂《みりん》を混ぜ、あとは鰹《かつお》と昆布《こんぶ》のダシ汁で味を調整する。醤油や砂糖の強烈な味より、海産物の繊細なダシで勝負するスキヤキである。

なるほど、ボルトのおふくろさんが日向のお嬢様だ、というのをうかがわせる味だった。最初に家に呼ばれて食った時はうっかり「味がしねえんすけど」と言いかかったが……これはこれで旨かった。

また、前に母ちゃんにメシ抜きを宣告されてボルトともどもデンキの家に飯をたかりに……じゃなかったお呼ばれした時に出てきた、執事さんが給仕してくれる「肉を焼いた後にそこにダシを入れて野菜を煮込み、野菜を食ったら水分を飛ばして肉を再《ふたた》び焼く」スキヤキは、食材も料理の仕方も一流で、とうてい一般家庭で真似《まね》できるものではないが、さすが金持ちが食ってるものだ、と実感させられるものであった。

ツレで一番料理の上手《うま》い〝ダブりのイワベエ〟は、安い鶏肉や豚肉で自宅でスキヤキをやるのがたまの贅沢《ぜいたく》らしい。一度弁当に残りを入れてきたのを分けてもらったが、これも旨かった。

木ノ葉隠れの里には、『他人の忍術とスキヤキにケチをつけるヤツは長生きできない』という言葉がある。

オレの言葉である。

今、作った。

＊　＊　＊

長々とスキヤキについて語ったのは、もちろん、目の前にスキヤキ鍋があるからである。

やたらとムダに細かいところを気にするのが、奈良家の男の特性だ。大ざっぱで台風のような母ちゃんからすると、

「なんであんたもシカマルも、そんな細かいことにこだわるかねえ。肉なんてがーっと焼いてがーっと食っちまえばいいんだよ」

ということになる。

そうはいかない。

いや、普段は別にそれでいいんだが、今日ばかりはそうはいかない。

というのは、つまり、「何故《なにゆえ》オレがスキヤキ鍋を目の前にしているか」ということである。

「いやそりゃスキヤキ食うからに決まってるってばさ。大丈夫かシカダイ」

ヤバい。

また口に出ていた。

疲れているのかもしれん。

下忍試験はボルトに振り回されてくったくただったからなあ。

そう。

今日の会は、オレたちが下忍試験を突破したことを祝っての会だ。

主催は、秋道《あきみち》チョウジさん、つまりチョウチョウの親父さんである。

会場はもちろん秋道家。

でなければこんなにデカい鍋は用意できまい。

そして、呼ばれているのは、大人たちは、オレの親父におふくろ、いのおばさんとサイおじさん、そしてカルイおばさんだ。

子供たちは、オレといのじん、そしてボルトとヒマワリ、サラダに委員長である。

このメンツになったのには、理由がある。

オレといのじんは言うまでもない。猪鹿蝶《いのしかちょう》――伝統的な奈良、秋道、山中《やまなか》三家の連携《れんけい》に由来するチームだからである。

なんだかわからないが、奈良と秋道と山中の家から出た同年代の忍は猪鹿蝶としてチーム編成されるという習《なら》わしになっているらしい。

奈良家秘伝〈影真似《かげまね》の術〉がメインのオレ、秋道家秘伝の〈倍化《ばいか》の術〉を主力にするチョウチョウはともかく、いのじんなどは親父さんの〈超獣偽画《ちょうじゅうぎが》〉がメインなのだから猪鹿蝶の伝統もへったくれもないような気もするが、まあそこはそういうことなのだ。

で、残りの愉快な四人である。

ボルトとヒマワリは、親父が声をかけた。

七代目が火影の公務やら卒業式の準備やらで忙《いそが》しいおかげで、ヒナタさんも一人で子供たちの面倒を見ねばならず忙しいらしい。夕食くらいこっちで預かることで、少しはヒナタさんを休ませてやろう、という気遣《きづか》いなんだそうだ。我《わ》が親父ながら実に細かいところに気がつく。

で、サラダも同じような理由で、いのおばさんが声をかけた。おばさんとサラダのおふくろさんは古い友人で、医療忍者としての激務に追われながら子育てまでやっているサクラおばさんに気を遣った、ということらしい。

ちなみにミツキのヤツは音隠《おとがく》れにいる親に会いに行ったらしく、珍しく不在である。

最後の委員長だが、これはサイおじさんの声かけである。

委員長には、家族がいない。

ただ、サイおじさんがいつの間《ま》にか後見人を買って出た、というのは親父から聞かされている。

おそらくそれは、同様に前歴不明のサイおじさんの過去に関わることなのだろうが――

まあ、つつき回していいことがないのは確かだ。

ともあれ、家族が卒業を祝ってくれない委員長を呼んでやろう、というのはこれまたよい気遣いだ。

異論はまったくない。

だが――。

ここに、政治的な問題が関わってくるとなれば、話は別である。

笑われるかもしれないが、マジな話だ。

オレの親父、奈良シカマルは里の重鎮《じゅうちん》であり、七代目の片腕として忍組織の統轄《とうかつ》のみならず里の内政にも深く関わっている。

忍者の隠れ里には高度な自治権が認められており、そして今や木ノ葉《こ　は》隠《がく》れの里は火《ひ》の国最大の企業である雷門《かみなりもん》カンパニーすら本社を置いている経済都市である。

そしてオレの母ちゃん……奈良テマリは、これまた風影《かぜかげ》の姉に当たる名門忍者のお嬢さまである。

つまり――言葉にするとアレだが――いやこれはオレの内心なのだから照れるようなことでもないのかもしれないが――。

オレは、ボンボンなのである。

忍界最強をもって鳴る木ノ葉隠れの里、そのナンバーツーの御曹司《おんぞうし》で、おまけに風影の血縁者なのだ。

隣《となり》にいるのが忍界をまとめあげ、あまつさえ世界の危機を救った男、うずまきナルトの息子《むすこ》なので目立たない感はあるが、オレの立ち位置もそうとうに面倒くさいのだ。

つまりだ。

このスキヤキの会は、決していつも雷バーガーでハンバーガーを食ってる時のように、単に怒濤《どとう》のように肉を食い、腹を満たせばいい、というものではない。

いや、主催しているチョウジさんや親父たちにとってはそうなのかもしれないが、そんなことはない。

第三者にとってこれは、「ＶＩＰの息子たちが、ＶＩＰの主催で行ったパーティに出席し、本格的な忍者としてのお披露目《ひろめ》をする」会なのである。

そこでオレが恥をかくということは、単に奈良シカダイという下忍見習《げにん》いが恥をかくのではなく、親父が、母ちゃんが、それどころか奈良家が、下手《へた》をすれば風影の宗家の恥になる。

笑いごとではない。

そして微妙な立ち位置にいるのは、暗部《あんぶ》のえらいさんの息子であるいのじんも、おふくろさんが雲隠《くもがく》れから嫁《とつ》いできたチョウチョウも、あのうちはサスケの一人娘のサラダも、そして我らがボルトも同じようなものである。おそらく何もしがらみがないのは委員長くらい……のはずだ。

つまり、この会で何かあると、親父や母ちゃんや七代目をよく思わない連中に何を言われるか知れたものではないのだ。

間の悪いことに、オレはこのメンツで一緒にスキヤキを食ったことがあるのはボルトだけであり、秋道の家のスキヤキがどういうものかは皆目わからない。そして、忍者の根本単位が〝家〟である以上、うかつにも秋道式のスキヤキの食い方を間違えることは、すなわち奈良が秋道のメンツを潰《つぶ》したということにもなりかねない。

オレにとってこのスキヤキを無事に食べ終えるということには――そういう意味があった。

* * *

オレは、陣容を見渡した。

戦争と将棋《しょうぎ》はいつでも、自陣の戦力を把握するところから始まる。自分に何ができるかは、常《つね》に持《も》ち駒《ごま》で決まるのだ。


サラダ。

これは当てにしていい。

多少言動にキツイところはあり、ボルトへの当たりが激しすぎるところはあるが、常識人である。


いのじん。

——こいつは空気を読まない。下手をすると、読んだ上で見なかったことにする。複数人で同じ鍋に箸《はし》を突っ込むスキヤキには不向きなタイプである。


ボルト。

まあ、悪い人間ではない。いやむしろいいヤツだが、鍋に不向きであることは長い付き合いでわかっている。

こいつは、盛り上がると周《まわ》りが見えなくなる。寄せ鍋ならまだいいが、スキヤキのように肉という主役がある場合、ボルトの配慮にはあまり期待できない。

しかも、今日に関してはヒマワリがいる。

言うまでもないが、まだ子供のヒマワリに配慮だの鍋の采配《さいはい》だのを期待すること自体が間違っている。そして、ボルトはヒマワリの世話にかかりきりになるだろう。したがって、ボルトには期待できない。


委員長。

いつもなら常識人枠である。自炊スキルが高いことも先日のキャンプでよくわかっている。まあ、一人暮らしなのだから当たり前といえば当たり前だが。

しかしながら、今日の委員長は様子《ようす》がおかしい。

カチカチになっている。

すでに「はわわ」を十六回口にしていた。

相当にテンパっていることがわかる。

おそらく——推論の域を出ないのだが、友人の家で鍋をついたこともないのかもしれない。

もちろん、それが悪いはずもない。

だが、同時に戦力にならないことは明白であり、それはそれで厳然《げんぜん》たる事実として理解しなければならない。

そして、チョウチョウである。

今さら言うまでもないだろうが、この女に空気を読む、という技術を期待すること自体が間違っている。そんなことは、いくらボルトのヤツが天才でも〈倍化の術〉が使えないのと同じくらいに自明のことなのである。

かつ、チョウチョウは食う。

ひたすらに食う。

秋道一族の術はチャクラと同等に体内に蓄積したカロリーを用いるのでこればっかりはしょうがないのだが、およそスキヤキの会において不適当な人間であることは今さら言うまでもない。

せめてもの救いは、チョウチョウが他人の食い物には手を出さないことである。そのような姿は見たことがない。親父の話によると、チョウジさんはためらわず人の分の肉を食うような人間だったらしいが、母親のカルイおばさんの教育の甲斐《かい》あってか、そこはチョウチョウに受《う》け継《つ》がれなかったらしい。

ということは、触らぬ神に祟《たた》りなしの精神でチョウチョウをなるべく放置しつつ、つつがなくこのスキヤキを終えることが――。

オレの隠された任務というわけだ……。

＊　＊　＊

ごとん、と巨大な皿が置かれた。

肉、である。

「たくさんあるからな、好きなだけ食えよ」

ホストであるチョウジさんは、福の神のようににこやかだった。

実に――いい肉だ。

真紅の赤身に、雪のように脂《あぶら》が入っている。

霜降《しもふ》り、というのもあれは難しいもので、ただ脂が入っていればいい、というものではない。

あくまでスキヤキの主体は肉であり、肉の旨みを引き立てるための脂でなければならない。肉のジューシーさをもたらすための脂なのである。

ここを間違えて、単に脂が多い肉なら上等の肉だろう、と思って肉屋に行くと、母ちゃんにドヤされることになる。焼き方にはうるさくないが、肉の質にはやかましいのである。

「肉を切り分けるってのは、男であれ女であれ、家長の仕事だ。忍は、家族だからな」

そう教えてくれたのは、いつかの親父だ。

「すべての家がそうだって話じゃあないが……普段の料理はともかく、特別な席でごちそう、つまり肉を振る舞うってのは、家長の権威を示す。よい肉をとりわけることで席次を示すこともあれば、肉の量と質を誇ることもあるが……いずれにせよ、人にごちそうする、という時に誰が音頭《おんど》を取るか、ってのは、お前が思ってるより大切な意味があるんだ」

もちろん、その日スキヤキの肉を切り分けていたのは母ちゃんである。

誰がオレの家における実力者であるかは、言うまでもない。

それはともかく。

なので、チョウジさんが大量の肉を置いた、というのは、この席がとりもなおさず秋道家の仕切りだ、ということだ。

オレたちの座っているテーブルとは別に、少し離れた位置に置かれたテーブルには、親父たち大人グループが座っている。

無論、オレたちの席とは違い、大量の酒が置かれている。

飲む、つもりなのである。

これはすなわち、親父たちのサポートは期待できないことを意味する。しょうがない。

何しろ、オレたちが一人前の忍者になった祝いの席なのだから、お前たちはもう自分たちで鍋くらいやれるよな、ということを言いたいのであろう。

なので、本来ならこれはチョウチョウがこの場を仕切るべきなのであるが……。

「これは、チョウチョウの分な」

と置かれた肉皿を見つめるヤツの熱視線を見る限り、どう考えてもヤツの興味はただ自分が肉を食うことにのみ注がれており、他の配慮はいささかも期待できない。

――まあいい。

チョウチョウが大量に肉を焼き続ける、ということは、それだけ肉の旨みがダシに溶け出す、ということである。

そこをポジティブに受け入れて、場をコントロールしていくしかない。

「野菜、ここに置くぞ」

チョウジさんの増援が来た。

野菜は……白ネギ、白菜、春菊、ほうれん草。それに焼き豆腐とシラタキ。ほうれん草が入っているあたりが珍しいが、まずまずベーシックなものだと言っていいだろう。

煮方がオレにわからない材料がないのは助かる。

米は山ほどある。

「おっ！　じゃあおひつはオレがやるぜ！」

手を上げたのはボルトだ。

「どしたの、マメじゃん」

いのじんが冷やかすような顔をした。

「へへっ。おひつからごはんをよそうのは、うちじゃあオレの仕事なんだ。父ちゃんが手伝えないほどくたびれてることが多いからよ。なるべく母ちゃんの手伝いをしねえとさ」

よし、とオレは内心快哉《かいさい》をあげた。

スキヤキは米を大量に消費する。酒を飲めないオレたち子供には避けがたい事実だ。

そうなると、チョウチョウの米を誰かが供給する必要がある。もちろん、チョウチョウにおひつとしゃもじを託す手もあるが、それだとヤツがそのままおひつから食い続ける危険があることは否《いな》めない。

オレ以外の誰かがそれを買って出てくれるなら、ありがたい限りだ。何しろ、ヤツには〈影分身《かげぶんしん》〉がある。手が足《た》りなくなることはないだろう。

あとは――。

オレは再び、テーブルを確認した。

飲み物のペットボトルと、丁寧に洗われたコップは予備も含めて十分にある。ミネラルウォーター、コーラ、ウーロン茶。これだけあればなんとかなるだろう。

生卵も山と積まれている。概算して、一人三つはある計算だ。いくらなんでも足りるだろう。チョウチョウの分が足りなくなった時は……まあデンキの家の真似をして大根おろしでもつけろ、ということにする。

よろしい。

「始めていいすかー?」

オレの催促《さいそく》にチョウジさんはすでに空《から》になったビールのジョッキを上げてみせた。

もはやこっちについては触れる気もない、という顔である。

これが一人前になった、ということか。

「チョウチョウも始めちまっていいか?」

「それ聞く? スキヤキ鍋前にして聞く? 始めないとかないっしょ!?」

なぜキレる。

オレは、お前の家に呼ばれたから、お前に聞いているんだ。

「シカダイ。このデブに常識を求めるほうがアタマ悪いと思うよ」

お前も落ち着け、いや落ち着いてイヤミ言ってるのはわかるが、落ち着け、いのじん。

「はわわ……」

ええい、委員長。お前もお前だ。お前が狼狽《ろうばい》してたらヒマワリが不安がるだろう。

よし。

断固たる行動をもって、突破口を開く。

オレの柄《がら》ではなくどっちかっつーとそれはボルトのキャラだろうという気もするが、背に腹は代えられない。

生卵を全員に配る。ボルトが、ヒマワリに卵を割ってやったのを確認すると、オレは菜《さい》箸《ばし》を手にして、熱されたスキヤキ鍋に牛脂を置いた。

じゅわあ、という気持ちのよい音がした。

いい牛脂だ。

牛脂、というが、実は世の中の牛脂には二種類ある。

ヘットとケンネだ。

ヘットは牛の脂肪《しぼう》組織を精製した脂である。白いバターみたいな形で、スーパーの精肉コーナーでタダで配られているアレだ。

一方、ケンネは牛の腎臓《じんぞう》を取り巻いている脂である。

こちらもほとんど脂なので、見た目は真っ白な塊《かたまり》に見える。肉屋に行けばやはり十グラムくらいの角切《かくぎ》りで売っているから、パッと見はヘットと区別がつかないはずである。

だが、鍋に投下するとこの二つの差はすぐに明らかになる。

ヘットは純粋に脂の塊なので、熱した鍋に載《の》せればすぐに消えてしまう。ラードやバターと同じような感じだ。ところが、ケンネは違う。ケンネはあくまで、脂肪を蓄《たくわ》えた牛の肉だ。

だから、加熱すると中にある脂肪分が溶け出す形で現れ、ケンネを形成している肉質の部分は鉄板の上に残る。

一長一短あるが、オレはケンネのほうが好きだ。

だが、最近は、近所のスーパーではケンネを置いてくれない。たまに親父がちょっと離れた肉屋に行くことがあると、ケンネを買ってきてくれる。そう、親父もケンネが好きなのだ。

「じゃあダシ取り用の肉入れんぞ」

「え、そんな面倒なことするの!?　脂引いたらそのまま割《わ》り下《した》じゃない!?」

そう言ったのはサラダだ。

まずい。

サラダの意見はとかく「正しく聞こえる」という特性がある。人間、自信たっぷりに言ったことはその内容の是非《ぜひ》よりも説得力を持つ。普段から冷静なキャラで通っているのはこういう時に意味を持つのだ。

オレはもう一度、チョウチョウを見た。

とにかく秋道家の意向を確認するのが第一である。

「いや、入れるっしょ肉。肉焼くからスキヤキなわけじゃん」

「そういうもん？　そうか。チョウチョウが言うならそうなのかも」

「うん、そうだと思うよ。うちの父さんもマニュアルにそう書いてあるって言ってた」

チョウチョウといのじんが口添えしてくれたのは助かった。

いきなりガチャガチャになるリスクは避けられた。

「考えてみるとうちでスキヤキやったの一回くらいだから、あたしの記憶が適当なのかも」

「あー、サラダんとこ、お母さん忙しいもんね」

「そうそう。結局、スキヤキっていうより煮物みたいになったような気がする」

よし。

話はまとまった。

オレは菜箸で肉を広げ、巨大なスキヤキ鍋に並べた。

じゅうううう、といいにおいがする。

もうこれだけで十分なくらいだ。

これでしばらく焼けば……。

「何してんのシカダイ」

ひょい、といのじんが菜箸を取ると、ネギを投下した。

なんだと!?

「なんでここでネギなんだ!?」

「えっここでネギでしょ！　火が通りにくいし、良い香《かお》りがするから先にネギ焼くんだよ」

マジか。

ネギはむしろ後半、肉のダシが出てきてから入れて、肉の旨みを染み込ませてから食うべきだと信じてきたオレにとってそれは、驚天動地《きょうてんどうち》の発想であった。

確かに旨そうだ。

いのじん、侮《あなど》りがたし。

いや、落ち着け。たかがネギである。

オレは鍋のそばに置かれた割り下を手にすると、鍋に投入した。

ここに異論を挟むヤツはどうやら誰もいない。第一関門突破である。

じゅうううううううううううううううう。

醬油と味醂、それに香りから察するにダシ汁も入った濃茶色の割り下がよく熱せられた鍊鉄に当たると、見る間にすさまじい湯気が上がる。湯気というより、芳香だ。

「シカダイ！　もう食っていいよな！」

ボルトが箸を伸ばそうとする。

「あちしが先よ！」

巨体が動いた。

速い。

秋道チョウチョウはデブだが、動けるデブである。

その動きの速さは、犀《さい》や熊《くま》といった巨大動物が、動くと恐ろしいほど速いのに似ている。

二人の箸が激突した。

「！」

「!!」

犬牙《けんが》相打《あいう》つ。

ボルトとチョウチョウが肉を巡《めぐ》って殴《なぐ》り合《あ》いになるか、と思われたその時。

二人の袖《そで》を、クナイが椅子《いす》に縫《ぬ》い止《と》めた。

「バカボルト。いい加減にしなさい」

サラダだった。

いつの間に抜きはなったのか。

うちはの手裏剣術は写輪眼《しゃりんがん》と並ぶ両輪とされているが、あの速度で動いたボルトとチョウチョウの動きを止められるのはさすがだ。

というより、その瞳《ひとみ》に写輪眼が発動しているのに、オレは今さらのように気づいた。

(この女、もしかしたらものすごくスキヤキ食いたいんじゃないか)

まさか、と思ったが、その思いを打ち消すことはできなかった。

「箸渡しも二人箸もやっちゃダメだって、言われてるでしょ」

「あははは、おにーちゃん、怒られたー」

「ちぇー」

これは好機だ。

飢《う》えたチョウチョウが動くより先に、オレはダシ取り用の肉を菜箸でほぐした。

「ほれ、みんな食え。ヒマワリはこいつでいいな?」

「うん!」

ヒマワリの手にした生卵を入れた器に肉を投じてやると（ボルトが手裏剣を抜くのに手こずっていたからだ）、オレも後《おく》れて肉を口に運んだ。

旨い。

予想通り、いい肉だ。

ダシ取りの段階でこれだけ旨いなら、この後の展開には期待していい。

十分だ。

野菜、豆腐、シラタキを投じる。

ぐつぐつと煮え始めた春菊はあたかも生命を取り戻したかのように見え、いのじんが投下したネギもよい色に焼けつつある。

「じゃああとは各自適当に肉を入れて」

入れ……、まで発音した時には、すでにチョウチョウが怒濤のように肉を投下していた。

「おい待て、煮物でも作る気かおめーは！」

「あちしはいつもこうよ」

「はわわ」

「まあなんでもいいから焼けばいいんだろ焼けば」

「ちょっとボルトそれあたしの肉」

「どうでもいいけど、春菊煮えたみたいだからもらうね」

「お兄ちゃん、私にもお肉ー！」

「すまねえヒマワリ！」

カオスの到来は、思っていたより早かった。

箸が往来し、汁が飛び散る。

チョウチョウの肉を焼く速度は恐るべきものだった。

自分の肉は自分で焼くので面倒はかからないのだが、スキヤキ鍋の一定領域を完全に自分のテリトリーとして掌握《しょうあく》し、他人を寄せつけることなく、口の中では肉を咀嚼《そしゃく》しながら、箸で肉を育て続け、一方で引き上げた肉を卵にくぐらせ続けている。

食う、焼く、調味の三工程を、信じられないことに同時に行っているのである。

もはや神業《かみわざ》の域であり、それがなぜ可能になっているのかについては同じ忍として興味がなくもなかったが、今はそれどころではない。

オレは目をつけておいた頃合いの肉をそっと箸で引き寄せよう……としたところで、ボルトと目が合った。

何か物欲しそうな顔をしている。

いやお前の肉はお前の肉であっただろ、と言おうとしたのだが、オレはボルトの肉がヒマワリに渡されていることに気がついた。

「わーったよ」

それではしょうがない。

オレは肉をボルトに譲り、その脇《わき》にあったやや焦げついた肉を口に運んだ。

頃合いでないのは仕方がない。

元の肉がいいので、これだけでも満足できる。

あとは――。

「はわわ」

あ、そうか。

委員長だ。

どうやらそもそもこういう混乱した食卓になれていないらしい。

「サラダ、委員長頼むわ」

「あ、そうか」

さすがにサラダは察しがいい。それだけで理解してくれたらしく、委員長に頃合いの肉をあてがうだけでなく、そもそもスキヤキをどう食えばいいのかの解説をしてくれた。こういうのはやはり、女子同士のほうが気楽なもんだろうと思う。やたらとママ友会をやっている母ちゃんを見る限りにおいてのオレの結論だ。

よし。

これで食うのに専念できるはずだ。

オレは肉を追加し、さらにシラタキ、すなわち麺状《めんじょう》に加工したコンニャクを投じた。

「ちょっと待てよシカダイ」

「どうした、ボルト」

「シラタキは肉のそばに入れちゃいけねえんだぞ。カルシウムが反応して肉が固くなるんだ」

「いつの話だ。最近の研究で、それは迷信ってことがわかったんだぜ」

「そうなのか!?」

「ああ。火の国のコンニャク組合が発表してた。シラタキに罪はない」

オレはシラタキを持ち上げ、口に運んだ。旨い。コンニャク芋《いも》の成分を取り出すのに過去の人間がどれだけ苦労したかは知るよしもないが、タレの染みたシラタキは最高だ。

「あとは焼き豆腐か……」

これも旨い。

焼き目をつけた豆腐はすでにそのままでも食べられるわけだが、ちょっと煮すぎてくたくたになったやつは肉の味が染みていて実に旨い。

ほうれん草がまたいい。

鍋の具材としては馴染《なじ》みのない野菜だったが、これは確かにスキヤキに合う。

そこまで味わったところで、オレは異変に気づいた。

オレがさっき入れた肉はどうなったのだ。

「今オレが食ってる」

口から霜降りを半分はみ出させて、ボルトがニカッと笑った。

「またオレ口に出てたのか？」

「いや、顔で察しがついた」

「そこまで空気読めてるなら他人の肉を食うなよ！」

「早いモノ勝ちだってばさ！」

「はわわ」

こいつは……と思ったが、オレは大人《おとな》になることにした。

肉は山ほどあるのだ。

しかし、ちょうどいい肉はどんどん持っていかれてしまう。オレまで同じようにしていたら、固くなった肉が委員長やヒマワリに回ってしまいかねない。

しょうがない。オレは春菊と白菜の下に埋まって、半《なか》ばダシガラのようになった肉を引き取ることにした。

まあ、これはこれで旨い。

こういうものだ。

いかん。

気がつくと、鍋の温度が大きく下がっていた。チョウチョウのヤツが大量の肉を投下した結果だ。

薄切りの肉は室温にまで戻してあるが、さすがに鍋よりは冷たいわけで、それを何も考えずに大量投下すると、鍋肌は冷えて、肉が生煮えになりやすくなる。

(火力を上げるか)

だが、鍋の火力調節を行うガスコンロのつまみは、オレの対角線上の位置にあった。さすがに手が届かない。

「ボルト、火ぃ強めてくれ」

「オウ」

ぼっ、と青白いガスの火が大きくなり、冷めかかっていたダシ汁が見る間にぐつぐつとよい音を立てて泡を立てる。頃合いだ——。

ん？

オレは異変に気がついた。ガスのつまみを調整しているボルトとは別に、肉を食べているボルトがいる。

「おいボルト！　影分身はズルいぞ！」

「いーじゃんかよ！　二人で食ってるわけじゃねーし、オレが火力調節してオレが食ってんだから」

「そういう問題か！」

オレは箸を箸置きに置くと、手元の爪楊枝《つまようじ》を投げつけ、コンロの火力を調節していたボルトの影分身をかき消した。

なぜ影分身とわかったかって？

そりゃ、スキヤキ食ってるほうが本体に決まってる。

……ん？

オレは、さっきから静かないのじんが、殊勝《しゅしょう》に野菜ばかり食ってるのに気がついた。

違う。

あいつ……！

あいつ、春菊とほうれん草の下に肉を隠して、延々食っていやがる！

「！」

ヤツが気づいた。

箸を手放し、すさまじい勢いで印《いん》を結ぶ。

授業でもそれくらいマジメにやれ。

狙《ねら》いはわかっている。〈心転身の術《しんてんしんのじゅつ》〉でオレを乗っ取り、事態をうやむやにするつもりだ。

だが、遅い。

箸を置いていたのはオレが先だ。

「シカダイっ……！」

すでに、オレの〈影縛り《かげしばり》〉が、いのじんを拘束《こうそく》している。

よし。

「ほれ、委員長、ヒマワリ、このへんの肉煮えてるぞ」

「はわわ、ありがとう、シカダイくん」

「ありがと、シカダイおにーちゃん！」

動きを止められたいのじんがオレを睨《にら》んでいるが、オレが食うわけではないのだから勘弁してもらいたい。

「ほれ、いのじん。豆腐も食え。野菜だけじゃ体に悪いぞ」

オレは術を解きながら、いのじんに微笑《ほほえ》みかけた。

「わかったよ。ったく……」

「チョウチョウみたいになりてーのかよ」

「勘弁」

やれやれ。

気がつくと、オレが確保していた肉が再びダシガラになっていた。

ダメだこりゃ。

どうも今日はこういう運命らしい。

オレはもうある種の納得をして、目の前のカオスにおいて適切な肉を分配し、残った状態の悪い肉を引き取る装置となることを決めた。

＊　＊　＊

「なんかわりーな、気を遣わせちまったみたいで」

ボルトがそう言ったのは、スキヤキも終わりに近づいた時だった。

「いいさ。役得もあるしな」

「？」

オレは、最後の最後に、鍋の隅からお宝を引っ張り出した。

それは醤油色に染まり、てかてかと輝いていた。

「なんだよそれ」

「最初に入れただろ。ケンネだよ」

オレはすっかり脂が出きり、ダシが染み込んだケンネを口に運んだ。

「げっ！　それ脂身じゃねえか！　旨いのかよそんなの！」

「ああ」

オレは今度こそ、やってやった、という笑《え》みを浮かべた。旨いのだ。脂が抜けきり、旨みだけが染み込んだケンネの甘さと柔らかさは、スキヤキの下働きをした人間でないとわからない。

「お前、昔っから美味《おい》しいとここっそり持ってこうとするよな」

「ボルトほどじゃねーよ」

本心だった。

まあ、とにかくこの友人は派手なのだ。親父がどう、ということではなく、運命の中心にいるというのは、こういうヤツのような気がする。

オレは違う。

スキヤキ鍋の中のケンネだ。

妙にしみじみしたその時——。

「ちょっと！　なに変な盛り上がり方してんのよ！　パーティは終わりじゃないんだからね！」

「そ、カラオケよ、カラオケ！　歌うわよ！」

「はわわ」

かしましい声が、オレたちを青春のセンチメンタルから現実に引き戻した。

かくしてカオスは再来し、大騒ぎの中で夜は更《ふ》けていくのだった……。

＊　＊　＊

牛脂と整髪料とビールの混じったにおいがして、オレは、目を覚ました。

懐かしい感触だった。

「よう、起きたか」

「お、親父!?」

そこは、親父の背中だった。懐かしいわけである。

寝てしまったのだ。不覚としか言いようがない。

「いやー、よく寝てたな、お前」

「う……」

「気にすんな。下忍試験からすぐだからな。疲れも出たんだろ」

「だからって、一人で歩けるよ」

オレは親父の腕を引き剝《は》がすようにすると、隣に降りた。

心なしか、親父の背中も腕も、昔おぶわれていた時よりも、細く、小さくなったように思えた。

それはたぶん、親父が縮んだのではなくて、オレが大きくなったということなんだろう。

事実、記憶にあるよりも、親父の顔が近くに思えた。

「母ちゃんは？」

「後片づけを手伝って、色々カルイさんやいのたちと話すってよ。ま、女同士の話もあるんだろ」

「そっか」

しばらく、オレたちは二人で並んで歩いた。

不思議な感覚だった。

もうすぐ、オレは親父の下《もと》で働くのだ。

そのことを疑問に思ったことはなかったが、いざそうなってみると、なんとも妙な感覚だった。

「ケンネ、旨かったか？」

いきなり親父がそう聞いたのには、驚いた。

「な、なんだよ藪《やぶ》から棒に」

「旨かったろ。まあチョウジの家の肉は旨いんだけど、ケンネが特に旨いんだよな」

「……別にケンネしか食ってねえわけじゃねえよ」

「わかってるさ」

親父はオレの頭をわしゃわしゃとした。

「オレも、そうだったからな」

「父ちゃんも？」

「ああ」

親父は苦笑《にがわら》いをした。

「ま……お前と同じさ。チョウジといのも、ひたすら肉ばっかり食いやがって……フォローしてる間に、たいてい自分の肉は固くなるか生焼けさ。上手いこと食えるのは、最後に残ったケンネなんだよな」

「……縁の下の力持ちの味ってことか」

「そういうこった。忍と同じさ。目立たずに、最初から頑張って、最後まで耐え忍んだヤツが、一番旨くなってんのさ」

「なるほどなー」

「なあに、これからケンネを食うのはお前の仕事だ」

「はぁ!?」

「オレはもう脂を受けつけねえからな。これからはどんどんケンネを食わせてやる」

「意味わかんねーよ！　いやわかるよ！　オレに厄介《やっかい》ごとを押しつける気だな！」

「当たり前だ。いいか、卒業したらオレはお前の上司だぞ。もうオレの負担を減らすためならいくらでもお前に面倒ごとを押しつけてやる」

「めんどくせ――――！」

我が父ながら、面倒な男であることを、オレはあらためて認識した。


――そう。

きっとこれまで、親父はずっとケンネのように里を支えてきたのだ。
母ちゃんを、七代目を、そしてオレを。
そう考えると、口の中に残ったケンネの味が、いささかならず、誇らしげに思えた。

第3章　イワベエ最大の危機！

「はぁ、はぁ、はぁ……！」

頭に巻かれたトレードマークの赤い布の下で、冷や汗が額《ひたい》を伝う。

結乃《ゆいの》イワベエは今、絶体絶命のピンチにあった。

「チクショウ……なんでこんなことに！」

彼が直面しているのは、敵忍者との死闘でもなければ、大の苦手《にがて》である筆記試験でもなかった。

修学旅行先の霧隠《きりがく》れの里で、新・忍刀《しのびがたな》七人衆の一人を倒したこともあるイワベエだ。

それほどの死線をくぐったこともある彼が、今、その時以上に死を覚悟した青い顔をしている。

（そうだ、あの時だ。あの時に、オレがあんなミスさえしなければ……！）

イワベエの追い詰められた思考が、過去に巻き戻る。

すべての始まりは、昨日《きのう》。

昨夜の出来事にまでさかのぼる――。

＊　＊　＊

「いくぜ！　多重影分身《たじゅうかげぶんしん》の術ッ！」

火影岩《ほかげいわ》の上。

よく通る声と共《とも》に、うずまきナルトが印《いん》を結ぶ。

ボボン！　と煙が巻き起こり、次の瞬間には敵を取《と》り囲《かこ》むようにして、ずらりと無数の影分身が出現していた。

ナルトがもっとも得意とする、驚天動地《きょうてんどうち》の禁術だ。

四方を囲まれる形になったのは、メタリックなボディアーマーに赤いサングラスを身に着けた、ヒロイックな雰囲気《ふんいき》の忍者。

多勢に無勢でも、勝利を諦《あきら》めた様子《ようす》は微塵《みじん》もない。

「受けてみよ！　カゲマサの魔眼《まがん》の力を！」

ナルトと戦う忍者、人呼んでエビルジャマー・カゲマサの瞳《ひとみ》が、妖《あや》しく輝いた。

そこから閃光《せんこう》のようなチャクラがほとばしり、飛びかかってくる影分身の何体かが煙となって消滅した。

その隙《すき》を突き、無数の分身の間を縫《ぬ》うようにして、ナルト本体めがけて宙を駆けるカゲマサ。

「喰《く》らえ、エビル・スラッシャー！」

技名《わざめい》を叫びつつ、背の忍者刀を逆手に構《かま》えて必殺の居合抜きを繰《く》り出《だ》す。

棒立ちのナルトに直撃したと誰もが思った、次の瞬間。

「へへっ、かかったな！」

なんと、ナルト本体が煙に包まれて消え、同時にカゲマサの背後に瞬間移動していた。

そのまま、大技の後の隙で硬直しているカゲマサに、ナルトの鋭い蹴《け》りがヒットする。

「うぉぉおお!!　う！　ず！　ま！　き！」

一文字一文字の叫びとシンクロして、宙に浮いたカゲマサめがけ叩《たた》き込《こ》まれる分身連続攻撃。

「ナルト連弾《れんだん》ッ!!」

そして最後の一撃、上空からの蹴り下ろしが軽快な音を立ててクリーンヒットし、吹き飛ばされた魔眼の忍者の体は、派手な地響きをあげて火影岩にぶち当たった。

『勝者、うずまきナルト!!』

どこからともなく、女性の声が響き渡る。

カメラアングルがぐるりと切り替わり、いつの間《ま》にか地面に立っているナルトが、鼻をこすってガッツポーズをキメた。

「へへっ……木ノ葉《こ　は》の里の平和は、このオレが守るってばよ！」

＊　＊　＊

「ッああ〜〜〜〜〜〜〜〜〜〜！　ちくしょう、また負けたぁーっ！」

ボルトは悔《くや》しそうに叫ぶと、コントローラーを真上に放り投げた。

目の前の大画面ＴＶの中では、彼の父……本物より十五歳は若いであろう姿のナルトが、まだガッツポーズをとっている。

「へへっ、見たか。これがオレの操《あやつ》る七代目様の力だぜ」

大きなソファーをシェアしつつ、ボルトの隣《となり》で得意げにしているのはイワベエだ。彼らは実在の忍者を題材とした対戦ゲームをプレイ中なのである。

「隠しキャラのカゲマサでもダメなのかよ……キャラ性能じゃ負けてねぇはずなのに」

唯一、実在人物ではなく映画『魔眼忍伝カゲマサ《エビルジャマー》』からのタイアップ出演となる同作の主人公カゲマサは、そうした特別キャラの常《つね》というか、相当上位に食い込む強キャラとして調整されている。

「性能に頼りすぎなんだよね、ボルトは。強い技ばっかり振っても、見切られちゃさっきみたいにカウンター技のいいマトだよ」

ソファーの前、柔らかいカーペットに寝そべりつつ手厳しい寸評を口にするいのじん。

「そうそう。勝ってるうちはいいんだが、焦ると動きが粗《あら》くなるしな、お前」

その隣、ボルトがさっき投げたコントローラーを器用にキャッチしたシカダイが追い打ちをかける。

「むぐぐ……！」

友人たちに痛いところを突かれ、これにはボルトもぐうの音《ね》も出ない。

「でも、凄《すご》いねイワベエくん。ボルトくんもかなりゲーム強いのに……一回も負けてないの、イワベエくんだけだよ」

四人の後ろでコップにジュースを注ぎながら、感心した様子のデンキ。

この広々とした部屋は、雷門《かみなりもん》カンパニーの御曹司《おんぞうし》である彼の自室だ。

最新のゲーム機器と大画面ＴＶ、そして遅くまで騒いでも近所迷惑になることもない豪邸というさまざまな利点から、最近彼の部屋はよく友人たちの溜《た》まり場《ば》になっている。

今日《きょう》は休日前ということもあり、ボルトとシカダイ、いのじん、そしてイワベエの四人は泊まりがけで遊びに来ているのである。

「ふっ、オレは七代目様を極《きわ》めてるからな」

さも当然と腕組みをするイワベエ。

世界の偉人でありヒーローであるナルトが登場するゲームは複数存在するが、彼はそれらをプレイする時、かたくなにナルトしか使おうとしない。

いや、それこそ寝る間を惜しんでやり込み、極めているという表現も大げさではないくらいにその特性をマスターしているのである。

すべては、彼がもっとも尊敬する英雄・ナルトへの思い入れのなせるわざだ。

イワベエにとって、ナルトこそが忍《しのび》の理想像であり、みずからも忍者を志《こころざ》す理由なのである。

「へっ、なーにが。だいたい、父ちゃんの性能も強すぎっていうか、ちょっとチート臭《くさ》いんだよな。ほんとにこんなに強いのかぁ？　勝ちゼリフもなんかわざとらしいし、再現度低いんじゃねーの？」

よりにもよって自分の父親、それも反発心を抱《いだ》いている相手を模したキャラにボコボコにされたこともあって、面白《おもしろ》くない顔でジュースをすするボルト。

「んだとぉ!?　強くて当たり前だろーが。いや、むしろ本物の七代目様は、もっと圧倒的な力を持っているはずだ！　これでもゲーム用に手加減されてるくらいなんだよ、そうに決まってるぜ」

うんうん、と自己完結しているイワベエ。

彼の中でのナルト像は、神聖不可侵にして絶対的なものなのだ。

「ま、確かにそうかもな。仮にも火影、真の力は言わば機密だ。こういう形で世に知られちゃいけないもんだろうしな」

同意を示すシカダイだが、ボルトは懐疑的だ。

「ホントかねぇ……あの父ちゃんが？　多重影分身も、雑用とかに使ってるとこしか見たことないしよ」

サラダやチョウチョウなら、あの『うちはシン事件』でナルトの強大無比な実力の片鱗《へんりん》を目の当《まあ》たりにしているのだが、あいにくボルトはそうではない。

反抗心も手伝い、彼にとってのナルトはあくまで『冴《さ》えないバカオヤジ』なのである。

「他にも、ほら悪戯《いたずら》した君を捕まえる時とかに使ってるでしょ？」

「う……うっせーよ、いのじん！」

珍しくやり込められるボルトの様子に、あはは、とデンキも苦笑する。

「んなことよりほら、負けたんだから替われよボルト。次はオレの番だぜ」

「いいぜ、来なシカダイ。返《かえ》り討《う》ちだぜ」

「ねえねえ、やっぱ君はシカマルおじさんかテマリおばさん使うの？」

「やだよ、ゲームでまで親の顔見るのめんどくせー……」

こうしてわいわいガヤガヤと、気の置けない友人同士の楽しい時間は、夜が更《ふ》けるまで続いていく——。

＊　＊　＊

深夜。

イワベエはベランダで夜風に当たりながら、木ノ葉隠れの里の夜景を見下ろしていた。

遠くに火影岩の巨大なシルエット——ゲームの中の背景ではなく現実のそれが、うっすらと暗がりの中に浮かぶようにして見える。

「あれ、イワベエくん？　まだ起きてたんだ」

「おう」

ガラス戸を開け、目をこすりながらデンキが外に出てきた。

部屋の中では、ボルト、シカダイ、いのじんの三人がソファーやクッションで雑魚寝《ざこね》している。

デンキはトイレに起きたところで、イワベエだけが部屋にいないのに気づいたのだ。

「なんかすまねぇな、遅くまで騒いじまってよ。親御《おやご》さん、怒っちゃいねぇか?」

ふと、そんなことを口にするイワベエ。

不良っぽい外見と態度から誤解されやすいが、そういう気遣《きづか》いができる少年だ。

「ううん、大丈夫だよ。父さんなんかむしろ喜ぶくらいだと思う……ボクに仲のいい友達がたくさんできたこと、嬉《うれ》しがってたからね」

楽しげに微笑《ほほえ》むデンキ。

そうか、とイワベエもつられて、わずかに口元をほころばせた。

「ま、確かに、ダチと騒ぐってのもいいもんだな……」

夜景を見つつ、少し遠い目をするイワベエ。

彼は実技では人並み以上に優れている反面、筆記試験の弱さから過去二度、忍者学校《アカデミー》を留年した身だ。

当然そのたび、クラスメートとの苦《にが》い別れを経験しているだけでなく、憧《あこが》れた忍者に思うようになれない焦りと憤《いきどお》りが、彼の心と素行を荒《すさ》ませた。

以前は、イワベエは誰も寄せつけない剣呑《けんのん》とした雰囲気をまとい、クラスで孤立していたのだ。

ボルトに出会い、決闘で打ち負かされ、友人となったあの日まで――。

ボルトは偏見やレッテルなしに、イワベエを対等に見てくれる。それは彼に感化されたデンキやいのじん、シカダイたちにしてもそうだ。彼らと一緒にアカデミーで過ごす日々は、イワベエにとってかけがえのないものだった。

……その感謝の気持ちを口にするのは、さすがに照れくさいが。

「それにしても、いよいよ下忍《げにん》になるんだね、ボクたち」

イワベエの少し感傷的な雰囲気を感じ取ったのか、デンキもどこか感慨《かんがい》深そうに言う。

この前の下忍試験を経《へ》て、ここにいる皆は晴れて下忍として巣立つ資格を得た。

「ああ。いまだに、ちょっと信じられねーくらいだよな」

「うん、ボクも。夢じゃないかって思うことがあるよ」

イワベエは筆記、デンキは実技と、それぞれ明確な苦手分野を持っていた。

下忍試験を待つまでもなく、定期試験の時点で落第しそうになったことさえある。

そんな時、彼らが諦めずに難関を潜《くぐ》り抜《ぬ》けられたのは、お互いをお互いの得意分野で助け合い、教え合うことができたからだ。

そして何より……一緒に忍者になろうという誓いが、二人を強くした。

出会いは最悪だったが、いつしかイワベエとデンキはかけがえのない親友にして切磋琢《せっさたく》磨《ま》するライバルとして、決して切れない絆《きずな》を結んだのである。

「でも、現実にオレらは忍者になった。なれたんだ。その証《あかし》がこれだ」

イワベエが上着のポケットから取り出したのは、銀色に光る額当《ひたいあ》て。

木ノ葉隠れの里のマークが刻印《こくいん》されたそれは、一人前の忍者であることを示すものとして、最終試験突破と同時に与えられたものだ。

「イワベエくん、いつも持ってるんだね、それ」

「う……わ、悪いかよ」

資格を得たとはいえ、まだ卒業式前なので身には着けていない生徒が多い。

ようやく念願の忍者になれることがあまりに嬉しく、肌身《はだみ》離さず持つことにしているイワベエは、はしゃいでいる内心をデンキに見透かされたような気がして、うっすら照れて目をそらした。

「ううん、全然そんなことないよ。嬉しいもんね。ボクも、家族の前でずいぶん自慢しちゃったよ」

首を振って、屈託《くったく》なく笑うデンキ。

「お、おう……だよな、変じゃねーよな」

まだ照れを引きずりつつ、手の中の額当てをグッと握りしめるイワベエ。

「オレたちは、ついになれたんだ。ホンモノの忍者に……！」

感慨に目を細めて、遠くの火影岩をまっすぐに見据《みす》える。

「だから次は、いつか絶対なってやる。火影様みたいな、里で一番カッコいい忍者にな」

「うん、イワベエくんならなれるよ、きっと」

当然そう信じているといったふうに言うかたわらのデンキに、へへっ、と笑いかける。

（オレがここまで来られたのはお前のおかげでもあるんだぜ、デンキ——ありがとな）

照れくさい本音はグッと胸に押し込めて、イワベエは精一杯《せいいっぱい》、不器用な笑《え》みを作った。

＊　＊　＊

「ううう……眠《ねみ》ぃぃ……」

「太陽が、まぶしすぎるってばさ……」

「立つのも歩くのもめんどくせぇ……」

翌日。

デンキに別れを告《つ》げ家を出た四人は、一様にゾンビか何かのような顔をしていた。

とっくに日は高く上《のぼ》っている。

「お前が足音で起こすからだぞ、イワベエ……」

「てめーだってノリノリでゲーム再開しただろ、ボルト……」

ただでさえ遅くまで起きていただけでなく、ベランダからイワベエたち二人が戻った時の気配でボルトが目を覚まし、そのまま皆を巻き込んでゲーム大会の第二ラウンドに雪崩《なだ》れ込んでしまったのである。

本当なら昼過ぎまでそのまま寝ていたかったところだが、あいにく今日はデンキが家族で出かけることになっており、さすがに空いた家に居座るわけにもいかなかった。

なお、デンキだけは皆が騒いでいる中でも一人すやすやと眠っていたため、ノーダメージである。意外な才能を見る思いだった。

「言い争いはやめてよ、睡眠不足の頭に響くんだからさ。じゃあボク、こっちだから……」

「オレも……ふぁあ、帰ったら二度寝確定だぜ、これ」

「じゃあな、イワベエ……」

一人、また一人と別れ、イワベエ一人になった。

（さっさと帰って横になるか、オレも……）

と、その時。

ちょうど行く手の公園に、無人のベンチがあるのが目に入った。

ここから自宅まではまだしばらくかかる。寝っ転がれる場所の存在は、睡眠時間の足《た》りていない今のイワベエの目には、天国からの誘いのように魅力的に映った。

「……ちと、あそこで横になってから帰るか」

誘惑に負け、ふらふらとベンチに吸い寄せられる。

肌寒い季節だが、彼の頑健《がんけん》な肉体には何のことはない――いのじんあたりが聞けば、『まあバカは風邪《かぜ》ひかないからね』などと毒舌をかますだろうが。

「ふわぁぁ……」

年の割に大柄《おおがら》な体を、ごろりと横たえる。

朝まで騒いで疲れきったイワベエの意識は、そのままあっさりと、心地よい眠りの中に落ちていった。

――しばらくして、変な角度になった上着のポケットからずるりと滑って落ちたものがあることに、イワベエは気づかない。

それは他ならぬあの……大切な額当てだった。

＊　＊　＊

「ない、ない、ない……っ!?」

それから、数時間後。

顔面蒼白《そうはく》になって全身のポケットから何からひっくり返すイワベエの姿が、昼下がりの公園にあった。

気持ちよく一眠りして目覚めたイワベエは……いつも寝起きにそうしているように、額当てを見つめてニヤニヤするという至福の恒例行事を反射的にしようとして、あるはずのものがどこにもないことに気づいたのだ。

「オレの額当てが、ない……ッ!?」

ベンチの下や周囲を、地面に顔をこすりつけるようにして何度もチェックするが、どこにも見当たらない。

視界にいるお年寄りや子供に聞いてみても、まるで心当たりがないという。

（デンキの家からここまで来る途中に落としたのか……!?）

いや、それは考えにくい。

眠気に襲われていたとはいえ、金属の額当てがある程度高い場所から道路に落ちれば音がする。それにまったく気づかないとは思えない。

ならここで眠りに落ちた後と考えるのが自然だ。

でもだとしたら、周囲に見当たらないのはおかしい。もし誰かが見つけたとしても、すぐそばにいるイワベエに『これはあなたのですか？』と聞かずに持ち去るなど、果たしてそんなことがあるだろうか？

「く、くそっ……もし、このまま見つからなかったら……！」

正式に忍者となった者に各里から支給される額当ては、いわば忍者としての身分証明のようなものだ。

担任教師のシノの言葉が、イワベエの脳裏によみがえる。

『お前たちにとって、忍である資格を示す大切な証だ。大事に扱《あつか》うんだぞ……間違っても、なくすことなどないようにな』

それはつまり、なくしてしまえば忍者としての資格を失ってしまうということではないのか？

「やべぇ……やべぇ、やべぇ、やべぇやべぇやべぇやべぇッ！」

イワベエの頬《ほお》をダラダラと冷や汗が伝った。

せっかく今度という今度こそ卒業でき、下忍になれたのに——こんなしょうもないことで忍者失格となってしまっては笑い話にもならない。

『ええ……額当てなくしたぁ？　お前、ジョーダンきつすぎだってばさ……』

『これじゃ〝ダブりのイワベエ〟って呼ばれてた頃のほうがマシだったかもね』

『ほんと、ボクまで情けないよイワベエくん……』

友人たちの幻滅した顔の幻《まぼろし》すら、余裕をなくした頭に浮かんできた。

ぶんぶんと頭を振ってそれを振り払う。

「と、とにかく！　こうなりゃしらみつぶしに探すしか、ねぇ！」

目を皿のようにして地面を凝視《ぎょうし》しながら、来た道をデンキの家の方角へと、這《は》うように進むイワベエ。

その必死な姿を、やや離れた草むらの中からじっと見つめる瞳があることに、冷静さをなくした彼は気づかない——。

＊　＊　＊

「……あれ？　そこにいるの、ひょっとしてイワベエくん？」

雷門カンパニー本社ビル近くの道路。

地面に張りつくようにして腰をかがめている、不審な姿……それが見覚えのある友人だと気づいたデンキは、恐る恐る声をかけた。

ビクッと反応してぎくしゃくと立ち上がったのは、確かに朝別れたイワベエだ。

「お、おう、デンキか……親御さんたちは、一緒じゃないのか？」

「うん、父さんたちは会社のイベントに出席しなくちゃいけないから、ボクだけ先に――って、どうしたの？　凄い汗だよ」

夏でもないのにダラダラと汗を流すイワベエの姿は、明らかに異様だ。

「ねえ、何かあったの？　もし困ってることでもあるんだったら、教えてよ」

さも当然と気遣いを口にするデンキ。

「いや……それが……」

イワベエはというと、言うか言うまいか迷っている様子だ。

「ボクでできることなら力になるからさ、友達でしょ！」

友達。その言葉に、イワベエが反応した。

そして、いよいよ意を決し口を開こうとした、まさにその時。

「あのぉ……イワベエさんって、あなたですよね？」

気の弱そうな同い年くらいの少年が、声をかけてきた。

手に、何やら折りたたんだ紙を持っている。

「確かにオレだが、何か用かッ?」

「ひ、ひぃ!?」

凄い勢いで声を荒らげるイワベエに怯《おび》えつつ、おどおどした少年は手に持ったものを差し出した。手紙だ。

「こ、これ。あなたに渡してくるように頼まれたんです」

「……オレに?　おい、それはどういう」

「た、確かに渡しましたからね!」

焦りでいつも以上に強面《こわもて》になったイワベエが怖《こわ》いのか、逃げるように立ち去る少年。

「どういうことなんだろう。イワベエくん、心当たりは?」

「いや、オレにもさっぱり。とにかく読んでみるか。……ッ!?」

手紙に目を走らせたイワベエの顔色が、みるみる変わった。

妙に青い色をしていたさっきから、今度は怒《いか》りの赤へと。

「くッ……そういうことかよ!」

押し殺した声を漏《も》らし、ぐしゃり、と手紙を握《にぎ》り潰《つぶ》す。

「ど、どういうこと？　何が書いてあったの、それ！」

一連の出来事が何一つわけもわからず、混乱するデンキがイワベエに近づく。

と——イワベエはいきなり、グッとデンキを睨《にら》むと、その腕をバシッと振り払った。

「……え？　い、イワベエ、くん？」

ぐらりとバランスを崩し、危うく転びかかるデンキ。

いきなりの友人の豹変《ひょうへん》に、理解が追いつかない。

「さっきからうぜぇんだよ……デンキ。オレのことにいちいち、口出ししてくんじゃねぇ」

険《けわ》しい目で、眼鏡《めがね》の少年を睨むイワベエ。

まるで、あの教室で二人が初めて会った時——荒れていた頃にそっくりな目だ。

「な、なんだよそれ。どうしちゃったの、イワベエくん⁉」

「うるせえ！　だから余計な干渉《かんしょう》すんじゃねぇ。誰にも知られたくないことだってあるんだよ。デンキ、お前にもな」

ぴしゃりとそう言って会話をムリヤリ打ち切ると、イワベエは乱暴に手紙をポケットに突っ込み、きびすを返して足早に立ち去っていく。

「ついてくんじゃねーぞ。……一人になりてぇんだ」

「イワベエくん……」

取り残されたデンキは、呆然《ぼうぜん》とその背中を見送るしかなかった。

＊　＊　＊

ザアザアと音を立てて、透明な水がコンクリートの水門から滝のように流れ落ちる。

ここは、木ノ葉隠れの里の浄水場だ。

一年近く前、あの『ゴースト事件』で取《と》り憑《つ》かれた者の一人がここで暴れたことで一部損壊《そんかい》した施設も、今はすっかり元通り。里のライフラインとしての大切な役目を、日々果たしている。

高い天窓の下、細い通路から手すり一つ隔《へだ》てて、眼下に流れ落ちる大量の水……普段は人があまり近寄らないエリアに姿を現したのは、イワベエだ。

「……来てやったぜ。いるんだろう？」

怒りを押し殺した声。

と、無人に思えた周囲の柱や扉の陰《かげ》などあちこちから、十人近い少年たちが次々と姿を現した。いずれも、イワベエと同年代だろうか。

だらしなく着崩した服に、威圧的な髪型や品のないアクセサリ。見るからにそれとわかる、不良少年たちだ。

「おうおう、手紙に書いた通り一人で来たみたいだなぁ、イワベエさんよぉ」

リーダー格とおぼしき、ニット帽をかぶった体格のいい不良が、手下たちの後ろでにやついた笑みを浮かべた。

その手に握られたものを見て、イワベエが吼《ほ》える。

「おう、だから返しやがれ、オレの額当てを……ッ！」

そう——あの手紙は、額当てを返してほしければここに一人で来いと書かれた呼び出し状だったのだ。

「へへへッ、そんなにこれが大事かよ！　なくしたら忍者失格とかなんだろ？　んじゃこうすりゃ、オレたちに手ぇ出せねーよなぁ！」

ゲラゲラ笑いながら、額当てをぶら下げた腕を、手すりの外側に……下でごうごうと水の流れ落ちる宙空にこれ見よがしに伸ばしてみせる不良のリーダー。

「くッ……や、やめろ！」

さすがのイワベエも、これでは動けない。

この程度の連中を叩きのめすのは造作《ぞうさ》もないが、動いた瞬間に額当てを浄水施設に投げ込まれてしまうだろう。

「ケケッ、こいつを必死になって探すお前の姿は見ものだったぜ！　最初はあの時、フラフラで公園歩いてるお前をボコってやろうかとあとをつけたんだけどよぉ？　思わぬ拾い物ってやつだぜぇ！」

すべては、偶然イワベエの弱みを手にした彼らの計画ということらしい。

「テメェ……誰だか知らねーが、よっぽどオレに恨《うら》みがあるみてーだな……！」

その言葉を聞くなり、リーダーがピクリと反応した。

「誰だか知らねーが、だと？」

「おうよ。あいにく、テメェらみたいな卑怯《ひきょう》モンのザコは何人ボコったかわかんねー。いちいち覚えてらんねぇんだよ」

ただでさえ試験の暗記で頭パンパンだからな、と心の中でつけ足すイワベエ。

一方、それを聞いたリーダーは、こめかみにいくつもの青筋《あおすじ》を浮かべて激高《げっこう》した。

「ま……マジで忘れたって言いやがるのか!?　じゃあ、これを見れば思い出すだろ！」

叫ぶや、かぶっていたニット帽をかなぐり捨てる。

その下から現れたモノを見て――ぷっ、とイワベエは噴《ふ》き出《だ》した。

「ぶはははっ！　なんだそりゃ!?」

キメにキメた金髪のツンツン頭が、頭の中心線からきれいに右半分、剃《そ》ったように丸刈りになっていたのだ。あまりにもマヌケな姿である。隠すのも無理はない。

「お、思い出したぜその頭！　ありゃ先月だったか、路地裏で年下囲んでカツアゲしてたヤツかよ！」

通りすがったイワベエは、彼らをあっさり叩きのめすと、土遁《どとん》で生み出した大剣をリーダーの頭ギリギリにかすめるように振り抜き、二度とやらかさないようビビらせたのだ。

しかもリーダーの男は、去年イワベエと同じように忍術科を留年し、それをきっかけにアカデミーをやめたドロップアウト組だった。

その憂《う》さを弱い者いじめで晴らす情けない姿は、イワベエに荒れていた頃の自分を思い出させ、余計逆鱗《げきりん》に触れたのだ。

「く、ぐく……ッ！　あ、あん時に刈られた髪がまだ伸びてこねぇんだよぉ！　お前のせいだぞ、イワベエッ！」

自業自得を棚に上げ、真っ赤になって凄《すご》むリーダーだが、この頭ではあまりにもカッコがつかなかった。

ゲラゲラ遠慮なく笑うイワベエだけでなく、よく見れば周囲の手下も必死で目をそらして笑いをこらえている。彼らも大変だ。

「ぷくくくっ……なるほどね、このセコい手口もテメェなら納得だわ。さっきは公園で隙を見てボコるつもりだったとか言ってたけどよ、どうせンな度胸ねぇんだろ？」

追い打ちのように図星を突かれ、うっと言葉に詰まるリーダー。

圧倒的に有利な状況でも、格の違いは明らかだった。

「く、クソッ……！　やっちまえ、ボコっちまえお前ら！」

こうなれば、あとは暴力に訴えて憂さを晴らすしかない。

「おっと動くなよ！　動けばこの大事な額当ては深い水の底におさらばだぜぇ！」

「ぐっ……！」

命令を受け、手下たちが無抵抗のイワベエに殴《なぐ》りかかる。

何発もの拳《こぶし》が、蹴りが、にぶい音を立ててイワベエの体のあちこちに直撃する。

大事な忍者の証を人質にとられてしまえば、従うほかない。

そう――おそらくこうなるだろうことは、あの手紙を見た時点でイワベエにはわかっていた。

（だから……アイツは、巻き込めねぇ……！）

あの時、あえてデンキを突き放すような態度をとったのも、事情を知られてしまえばデンキならきっとついてくると思ったからだ。

こんなくだらない逆恨みの巻き添えにするくらいなら、自分一人で耐えるほうがいい。

なぜなら、一年前ならいざ知らず——今のイワベエにとって、ようやくできた大切な友達が自分なんかのせいで傷つくことが、何よりも耐えがたいからだ。

その想《おも》いを胸に、イワベエは不良たちの乱打を仁王立《におうだ》ちで受け続ける。

「はぁ、はぁ、はぁ……な、なんて硬いんだよコイツ、岩でも殴ってるみてーだ……」

「お、オレもう、腕も足も痛《いて》ェよぉ……！」

しばらくすると、不良たちのほうが先に音をあげてしまう始末。

一方、イワベエはどんなに殴られ蹴られようと、悲鳴はもちろんうめき声一つあげない。

何度落第しても忍を目指すべく過酷《かこく》な鍛練《たんれん》を積み続けた彼にとって、このくらいの痛みはどうということもないのだ。

「なんだ……もう終わりかよ、テメェら……！」

ぺっと血の混じった唾《つば》を吐き捨て、静かな威圧感と共に顔を上げる。

ゆらりと怒りのチャクラが立《た》ち上《のぼ》るかのような気迫に、不良たちが逆に気圧《けお》され、顔色を青くして一歩下がった。

「終わりならよ、返してもらうぜソイツをな……！　それは、お前らごときが汚《きたね》ぇ手で触《さわ》っていいもんじゃねぇんだ……ッ！」

ゆっくりと、リーダーめがけて歩《ほ》を進めるイワベエ。

その行く手を阻《はば》むはずの手下たちは、凄みに圧倒されて動けない。

「な……なんなんだよ、お前っ……!?」

イワベエを支える根性がどこから来るのか理解できず、怖気《おじけ》づくリーダー。

「わからねぇだろうな、忍になることから逃げたお前には……オレにとっちゃこれくらい、痛くも痒《かゆ》くもねぇんだよ」

「ひっ……!」

無抵抗のイワベエを叩きのめせば、てっきり泣いて許しを請《こ》うものと思っていたのに、これは予想外だ。

それどころか、このままでは──追い詰められた彼は、反射的にもっとも短絡的な行動に出た。

「そ、そんなにこれが大事ならよ! 水の底まで拾いに行けよッ!」

手にした額当てを、高く放り投げる。

イワベエと反対方向の、ごうごうと流れ落ちる水場へと……!

「くそっ、テメェッ!」

思わず飛び出そうとするイワベエだが、ここからでは到底届かない。

いや、万一飛びつけても、角度的にそのまま深い貯水施設内に真っ逆さまだ。

（だが……迷ってるヒマはねぇ！）

それでも、額当てを——大切な忍者の証を守るべく、イワベエが我《わ》が身を捨てる覚悟すら決めた……その時。

「はぁッ！」

鋭いかけ声と共に、青い服の小柄なシルエットが斜め上……天窓の枠から宙を跳《は》ねたかと思うと、宙を舞う額当てをしっかりとつかんだ。

「なっ!?」

そのまま、突然現れた人影は手すりを越えてリーダーの後ろに降り立ち、ごろごろと転がって着地の衝撃を殺す。

「で、デンキ!?」

驚きの声をあげるイワベエ。

「いたたたた……間一髪、だったね」

眼鏡を直しながらゆっくり立ち上がったデンキの手には、額当てが握られていた。

「お、お前ッ、どこから!?」

突然の闖入者《ちんにゅうしゃ》に泡を喰うリーダーだったが、はっとそこで気づく。

もう、イワベエを縛《しば》る『人質』は存在しないということに。

「これで……テメェに遠慮する必要は、どこにもなくなったなぁ！」

パキパキと腕を鳴らしながら迫《せま》る、怒りのイワベエ。

「お、お前ら！　こいつを止めろぉぉ!?」

慌《あわ》てて後ずさりながら号令をかけるが、

「邪魔だ、どけぇぇぇ！」

暴風のように突き進むイワベエを、里の不良ごときが止められるはずもない。

何の足止めにもならず、軽くひねられて床《ゆか》に、手すりに叩きつけられ、情けない声をあげて目を回してしまう。

「く、くそッ……こ、こうなったら！」

進退窮《きわ》まったリーダーは、後ろで額当てを握るデンキに狙《ねら》いを変えた。

「よ、よこせそいつを！」

自分よりずいぶん小柄な、線の細い眼鏡の少年。

イワベエにはかなわなくとも、こいつになら……そう考えたのだろう。リーダーは飛びかかるような勢いで、デンキに襲いかかる。

だがしかし。

「――遅いよ」

「……え？　ぐぇ⁉」

リーダーの視界がだしぬけに一回転し、次の瞬間、乾いたコンクリートの床にキスをしていた。

デンキに足を払われ、突進する勢いを利用されて転がされたのだと、果たして彼が理解できたかどうか。

「あーあ……バカ野郎。こいつだって額当てを授かった、れっきとした下忍なんだぞ？オレにかなわないヤツが、かなうわけねーだろ」

憐《あわ》れみすらこもった声で、さも当然と口にするイワベエ。

そのまま、一人残らずのされた手下たちを背後に、今度こそ打つ手をすべて失った首謀者めがけてゆっくり迫る。

「ひ、ひぃぃ……！　ゆ、許しッ……」

床に這いつくばったまま怯えるリーダーの頭上で、イワベエは背中から抜いた仕込み刀を構えた。

「んな頭になってもまだ反省の色が見えねぇようだからよぉ……今度は、完全にツブしとくか！」

「ちょ、イワベエくん⁉」

さすがに慌てるデンキの前で、イワベエは右手を振りかぶり……！

ザスッ！　と、にぶい音が響いた。

「――っ！　……あれ？」

「へっ、冗談だよ。これでバランスがよくなっただろ」

泡を吹いて気絶したリーダーの頭部。

そこを見て、デンキも思わずぷっと噴き出した。

今度は綺麗《きれい》に、残りの左半分が剃り落とされ、マジメそうな丸坊主に変わっていたのである……。

＊　＊　＊

「何ぃ!?　額当てって、なくしても再発行してもらえたのかっ!?」

夕暮れの帰り道に、イワベエの驚く声が響く。

「うん、だって任務の中で仕方なく失うような状況だってあるからね。なくしたら忍失格とか、さすがにそんなことはないよ――って、シノ先生が説明しなかったっけ？」

「う……たぶんオレ、その時寝てたわ……」

がっくりと肩を落とすイワベエ。

「そ、それじゃあ、オレのあの苦労は一体……！」

まあまあ、と苦笑するデンキ。

この調子なら、さっき殴られた傷もなんともないようだと、内心でホッとする。

「にしてもデンキ……なんでお前、あの場所に？」

今さらながらの疑問を口にする。

「うん、それなんだけどね。あの時、イワベエくんの様子があんまり普通じゃなかったから、悪いと思いつつあとをつけたんだ」

浄水場に入ったイワベエと不良たちの会話を外で聞き、事の次第《しだい》を把握したデンキは、天井側に回り込んで飛びかかるチャンスをうかがっていたのだという。

友達の大切な額当てを、取り戻すために。

「そうだったのか……」

すまねえ、とイワベエが言いかけたその時、デンキが機先を制した。

「あのね、イワベエくん。ボクはちょっと怒ってるんだよ。なんで相談してくれなかったのか、って」

並んで歩く友人の、珍しく少しムッとした顔を見せられて、イワベエは言葉に詰まって目をそらした。

「う……す、すまねぇ」

「君のことだから、ボクを巻き込まないようにって気を遣ったんだろうけど。こういう時こそ助け合うべきでしょ？」

まったくもって返す言葉もない。

イワベエは借りてきた猫のように、デンキのやんわりした叱責《しっせき》をおとなしく聞くばかりだった。

「面目《めんぼく》ねぇ……大事な額当てを取り返せたのは、お前のおかげだデンキ。あらためて、礼を言わせてもらうぜ」

ありがとうよ、と素直に口にするイワベエ。

もし、デンキのような友人がいなければ……自分もあの不良のリーダーのようになっていたかもしれない。そう思うと、余計に友の存在はありがたかった。

「あ……う、うん」

そこまであらたまって言われると、今度はデンキが照れてしまう。

「ま、でも、さっき言ったみたいに替えが利《き》かないものでもないからさ。そこまでお礼を言われるほどでもないよ」

だが、イワベエはその言葉に首を振った。

「いや──そうかもしれなくても、やっぱりこの額当ては、大事なものだぜ」

もう二度となくすまいと誓ったそれを、手の中にぐっと握り込む。

「これは……証、だからよ」

立ち止まっての、真剣な言葉。

「忍者の証、ってこと？」

「……ま、そんなとこだ」

軽く目をそらし、鼻をこすると、イワベエは再《ふた》び早足で歩きだした。

「ってイワベエくん、今、目そらさなかった？」

「……っせーよ。んなことねぇよ」

「本当かなぁ？　イワベエくん、隠しごとがあるとさっきみたいに目をそらすんだから……」

「うっせぇったらうっせーよ！」

「あっ、待ってよぉ！」

茜色《あかねいろ》に照らされた里の道を、二人の忍者の卵たちは進んでいく。

（照れくさくて、言えるわけねーだろ……これはあの下忍試験でみんなで勝ち取った、オ

レたちのつながりの証だからな――なんてクサいセリフは、よ)
もしかしたら、尊敬する七代目様なら、照れずに言えるのだろうか?
そんなことをふと考えつつ、イワベエはうっすら赤くなった顔を見られないように、デンキの一歩先を足早に駆けていくのだった。

第4章　ミツキの卒業文集

BORUTO
-NARUTO NEXT
GENERATIONS-
NOVEL 5

「――というわけで、このクラスのしめくくりとして卒業式までに卒業文集を作ってもらう。皆の独創性に期待しているぞ。では解散！」

教壇に立つシノはそう言ってお馴染《なじ》みの長話を終えると、ホームルーム終了を示すチャイムと共《とも》に教室を出ていった。

わっと、周囲が一斉《いっせい》にざわつきに包まれる中――ミツキは金色の瞳《ひとみ》をぱちくりさせて、教師の言葉を反芻《はんすう》していた。

卒業文集。

聞きなれない響きだった。

もっとも、ミツキにとってはこの里で初めて見聞きすることが少なくない。今に始まった話ではないのだが。

「はぁ～、シノ先生もわざわざ面倒なことやらせるってばさ。試験も終わったんだし、もうそのまま卒業で別にいいじゃんかよ」

「ねぇ、卒業文集って……なに？」

隣《となり》の席でぼやくボルトに、とりえあずミツキは尋ねてみる。

「え？　お前そんなことも知らねーのか」

目を丸くするボルトだが、そういえばこの風変わりな友人には前からこういう常識のない部分があったとあっさり納得したのか、

「卒業記念にオレたち生徒みんながそれぞれ好きなことを書いて、そいつを一冊の本にまとめるんだよ」

すぐ、親切に説明してくれた。

「ふぅん……それって、どんなことを書いてもいいの？」

「まぁな。だから逆にめんどくせーんだよ、シカダイじゃないけど」

だがミツキの見るところ、ボルトは言うほど面倒そうな顔はしていない。むしろ、何を書いてやろうかワクワクしているような悪戯《いたずら》っぽい光が、蒼《あお》い目の中に宿《やど》っている。

こういうところが、ボルトに友人が多い理由の一つなのだろう。

「何を書いてもいい――か」

がやがやと騒がしさを増《ま》す教室の中。

誰にともなく、ミツキはつぶやいた。

＊　＊　＊

——何をしてもいい。

それは、言われてみればミツキにはまだ馴染みの薄い概念だった。

音隠《おとがく》れからの留学……という体裁《ていさい》で木ノ葉隠《こ　は　がく》れの里にやってきて以来、これまでの彼の行動は、大きく分けて二つの方針の下《もと》にあった。

すなわち、彼にとっての『太陽』であるボルトを知ること。

そして、『親』の下す命令を遂行《すいこう》すること。

他のことは基本的に、そのための手段か布石であることが多い。忍者学校《アカデミー》生活そのものからしてそうだ。

ミツキは優秀だ。すでに現役の忍者と同等、いやそれ以上の実力と、実戦に臨《のぞ》める精神性とを身に備《そな》えている。

下忍《げにん》となるためのカリキュラムのほとんどは、彼にとって児戯《じぎ》にも等しい。

だから授業でやれと言われたことはなんでもこなせたし、初めて知る概念でも目にした他人の行動を模倣《もほう》すれば簡単だった。

だが、最後に巡《めぐ》ってきたこればかりは、そういうわけにもいかないらしい。

しばらく考えた後――ミツキは任務遂行時において、行動の指針に悩んだ時にとるべき常套《じょうとう》手段に出ることにした。

それは情報収集。

有《あ》り体《てい》に言えば、他の誰かに話を聞いてみるのだ。

＊　＊　＊

「卒業文集に何を書くか、だって？　なんでそんなことボクに聞くわけ」

公園のベンチでスケッチブックから顔を上げ、いのじんは不思議そうな視線をミツキに向けた。いつものように何か絵を描いていたところらしい。

「そもそも君とボクって、そんな突っ込んだ話をするほど仲良かったっけ？」

「言われてみれば……どうなんだろうね？」

「いやいや、そこ考え込むところなの。というかわからずに聞いたのかよ」

長い袖《そで》をあごに当てて真剣に考え始めたミツキに、さすがのいのじんも毒舌のペースを崩されて苦笑してしまう。

「まあ、いいや。でもあんまり参考にならないんじゃないかな。そもそも文章は基本書かないよ、ボクは」

「文章は書かない……？」

まだピンときていない疑問顔のミツキに、いのじんは手元のスケッチブックを筆で指《さ》してみせる。

「これだよ、絵。書く代わりに描くんだ。なんでもいいってことは、それでもいいってことでしょ？」

なるほど、とミツキは納得した。

その発想はなかった。それでも卒業文集の定義からは逸脱《いつだつ》していないらしい。

「面白《おもしろ》いね。そんなのもアリなんだ」

「ヘンなとこで素直に感心するねぇ、君」

まあいいや、とばかりにスケッチに戻るいのじんを、ミツキはしばらく無言でじっと見ていたが、

「でも、ちょっと意外だね。君は確かに絵が上手《うま》いけど、そういう時にはわざわざ描かないのかと思ってたよ」

「……え？」

いのじんの描く手が止まる。

「だって、君の絵は忍術を使うための手段でしょ。そこまで描くことが特別好きなわけでもない……前に、そんなことを言ってたのを聞いた覚えがあるよ」

そんな人間が、超獣偽画《ちょうじゅうぎが》の技《わざ》を磨くために練習して画才を高めることはあっても、文章で済《す》ませられることでまであえて絵を描くだろうか。

それがミツキの理解だった。

「あー……確かに、そうだったかもね。しばらく前までならさ」

「だった？」

と、その時。

「あっ、いたいたー！」

そこに小走りにやってきたのは、小柄《こがら》な可愛《かわい》らしい人影。

ミツキも知っているボルトの妹、ヒマワリだ。手に何やら持っている。

「あっ、ミツキお兄ちゃんもいる！」

「こんにちは、ヒマワリちゃん。何しに来たの？」

ヒマワリは兄に似た満面の笑《え》みで、手にしたスケッチブックを両手で掲げるように突き出して見せた。

「お絵描《えか》きだよ！　いのじんお兄ちゃんと一緒にする約束してたの」

「へぇ……」

意外な接点に少し驚き、ミツキがいのじんのほうを見ると、色白の顔がほんの少し赤くなっていた。思わぬ姿を級友に見られて、いつもしれっとしている彼もちょっと恥ずかしいらしい。

ヒマワリのほうはといえば、すっかり『いのじんお兄ちゃん』に懐《なつ》いている。よく見ればスケッチブックもお揃《そろ》いだ。

ミツキはその光景を見て、なんとなく理解できた気がした。

以前は描くことを『一族の秘伝忍術のためにやってるだけ』とドライに語ることさえあったいのじんが、卒業文集にまで絵を描くつもりになった心境の変化を。

絵を心から好きになった——と言うより、内心では元々絵を素直に好きであったことを、何かのきっかけで再確認したのかもしれない。

「なるほどね。じゃあ、ヒマワリちゃんは彼に絵を習ってるんだ」

「ううん、私のほうが先生なんだよ！　いのじんお兄ちゃんの、絵の先生！　すごいでしょ」

「……………？　？」

よくわからないが、何か複雑な事情があるらしい。

――以前、スランプに陥《おちい》って超獣偽画を上手く使えなくなったいのじんが、父サイの機転でヒマワリから『絵を描くことにかける想《おも》いの大切さ』を学び直したことは、ミツキには知るよしもなかった。

「ま、そういうことで。あまり参考にはならなかったみたいだね」

「いや、そうでもないよ。ありがとう」

ともあれ、邪魔をしても悪いのでミツキはその場を辞去することにした。最近は彼も、そのくらいの気遣《きづか》いはできる。

これもまた、いのじんのそれ同様、アカデミー生活がもたらした変化というやつなのかもしれなかった。

＊　＊　＊

次に見つけた質問対象は、サラダとチョウチョウ。

オープンカフェのテラス席でスイーツを食べつつ談笑していた二人に、ミツキは同じ質問を投げかけてみることにした。

「そりゃもう、あちしはもちろんコレよコレ、スイーツぅ！　食関係！」

「えっと……食べ物の感想文ってことかな？」

「ちっがーう！　このあちしが、んな誰でも書けるようなつまんないことわざわざ書くわけないっしょー？」

スイーツ片手にぽっちゃりボディで華麗《かれい》なオーバーアクションを決め、力説するチョウチョウ。

もっとも隣ではサラダが『え、そうだと思ってた』という意外な顔をしていたが。

「あちしの卒業文集テーマはねぇ、ズバリ！　『実録・アカデミー周辺の隠れ名店ガイド』よぉ！」

彼女が語るところによると、どうやらそれは学園生活を送るかたわら毎日ひたすら食べ歩いた中から、選《よ》りすぐりの名店、名メニューを厳選しまとめたものらしい。

「これさえ読めば隠れた名店から店員秘蔵の限定裏メニューまで、わからないことはないってワケ」

「そんなメモつけてたんだ……」

親友のサラダも存在を知らなかったらしい、マメな記録である。

そんなもの卒業文集に書くのか、とツッコミを入れる感覚はミツキにはない。素直に、そういうものなのか、と大層感心していた。

「ふふん、卒業文集ってぇ、あちしたちの後の世代も読んだりするわけじゃん？　スイーツを求める後輩を導《みちび》くような……ううん、そうじゃないコでもその道に目覚めるようなバイブルを残してあげるのも、イイ女の務めってコトよ」

ふふん、とモデルのような仕草で髪をなびかせるチョウチョウに、ミツキとサラダは思わず、おぉ……と感嘆の声すら漏《も》らしてしまう。謎《なぞ》の威厳と説得力がそこにあった。

カリスマスイーツハンターチョウチョウ、恐るべしである。

「残す……か。そういう視点もあるんだね」

これも、ミツキにはなかった発想だった。卒業文集というやつには、そういった側面もあるということらしい。

「ありがとう、参考になったよ。じゃあサラダ、君は？」

「え!?　あたしは……」

いきなり話の矛先《ほこさき》が自分に向けられ、珍しく言葉に詰まるサラダ。

「おー、あちしも知りたいかも！　ねぇねぇ、やっぱボルト関係とかぁ？」

「な、なんでボルトがそこで出てくるの!?　ま……まだ具体的に考えてないから！　そもそも答える義務ないでしょ！」

相変わらずボルトのことになると少し感情のトーンが変わるなぁ——と思うミツキだったが、それを口に出すのはやめておくことにした。

ともあれ、サラダからは収穫ナシとなってしまったのだった……。

＊　＊　＊

「あん、卒業文集……？　そんなもん、適当だ。適当に埋《う》めるぜ。なんでもいいから文字が書いてありゃいいんだろ？」

じろりとミツキを見て答えるイワベエ。本当にまだ何も考えていないようだ。

「ダメだよイワベエくん、最後なんだからちゃんと書かなきゃ……え、ボク？　そうだね、こんなボクでも諦《あきら》めなきゃ忍《しのび》になれたんだってことを書こうかな」

一方、はにかみ混じりにはっきりと口にするデンキ。彼にとって、アカデミーは自分を変えることのできた大切な場のようだ。

「ボクのテーマはもちろん、日頃のたゆまぬ鍛練《たんれん》を通して得た、根性の大切さについてです！　パパとその師匠の教えを刻《きざ》み込《こ》みますよ！　根性ぉぉぉ!!」

お馴染みのトラックスーツ姿で演武のようなアクションを決めつつ、唐突に大声を出すメタル・リー。

「うっせーよメタル！　いきなりでけぇ声出すんじゃねぇ」

「失礼しました！　それはそうと、適当に埋めるとは感心しませんよイワベエくん！　そもそも卒業文集とは、二度とない青春の日々の記念碑的記録であってですね……」

「だよね、やっぱりメタルくんもそう思うよね」

熱弁を振るうメタルに、うんうんと同調するデンキ。

二人がかりの言葉に、さしものイワベエも押されてタジタジだ。

「んだよ、お前ら揃って……わぁーったよ、書けばいいんだろ書きゃ」

「それでこそイワベエくんです！」

メタルにイワベエ、そしてデンキ。

少し意外な組み合わせだが彼ら三人、思いのほか上手くやっているらしい。いつ頃からか授業でも組むことが増えたし、こうやって普段から一緒にいることも少なくない。

「じゃあ、コンビネーションの練習があるからまたあとでね、ミツキくん」

「ミツキくんの文集も、楽しみにしていますよッ！」

ぶつかることもあるメタルとイワベエを、デンキが上手く調整しているようだ。

（あのぶんなら、いいスリーマンセルになるかもね）

なんだかんだで今日も仲良く練習場に向かう様子《ようす》を見送りつつ、ミツキはその考えを新たにした。

＊　＊　＊

「文集のテーマ、かぁ。わさびちゃんは決まってるの？」

おどおどした表情で、隣の友人を見やる雀乃《すずめの》なみだ。

あまり接点のないミツキに突然話しかけられたせいもあってか、いつも以上におどおどした様子だ。

一方、親友の伊豆野《いずの》わさびのほうは普段通りの明るい表情で口を開いた。

「もちろん大好きな猫についてだぜ、なみだ！　あたしに猫を語らせたら長いぞ〜。むしろページが足《た》りないんじゃないかって心配してるくらいだ」

「なるほど、猫か……」

そういえばわさびはいつも、お尻部分に服の上から尻尾《しっぽ》のようなものをつけているが、そうかあれは猫の尻尾だったのか……と、ミツキは卒業間近にようやく気づいた。もし、わさびが知ったら『今さらかよ!?』とリアクションしただろう。

彼女は何か隠し玉的な忍術を持っているらしいが、それもひょっとしたら猫に関するものかもしれない、とふと思うミツキ。まあ、彼にとってはどっちでもいいことだが。

「す、凄《すご》いね……私は、まだ……」

「ん？　いつもこっそり書いてるアレ、自作の小説とかでいいんじゃないのか？」

わさびが当たり前のように口にしたその内容に、なみだは顔を瞬時に真《ま》っ赤《か》にして慌《あわ》てだした。

「え!?　な、なんで知ってるのっ……ていうか、ミツキくんもいる前でそんなこと言わないでよぉぉ!?」

「わ、わかったゴメンゴメン、だからほら泣くな！　なっ!?」

じわっと、その名の通りの涙すら浮かべかけた友達を見て、さすがのわさびも慌てて手を合わせ謝《あやま》っている。

「あたしはただ、なみだの書く文章って前からウマいって思ってたから、きっといいものができるって思ってさ」

「ほ……ほんと？」

うっすら赤くなった瞳を上目《うわめ》遣《づか》いにして、じっと探るような視線のなみだ。

うんうん、とわさびは何度も首を縦《たて》に振る。いつも裏表のない親友のその態度に、なみ

だも納得したのか、
「じゃあ……ちょ、ちょっと考えてみる……っ」
恥ずかしそうにぼそっとつぶやいた。
機嫌《きげん》を直してくれたことに安心してか、わさびの表情もぱっと喜色《きしょく》に染まる。
(これは、ボクの入る余地がないね……まあいいか)
にこにことその光景を眺《なが》めつつ、ミツキは次に向かうことにするのだった。

＊　＊　＊

「いや、オレに聞くなよ。めんどくせぇ、以外に何か考えてると思うか？」

＊　＊　＊

ミツキは珍しく悩んでいた。

クラスメートたちから得られた多種多様な情報は、大なり小なり有益だった。その点では進展があったと言っていい。

なるほど、聞けば聞くほど色々なやり方があるものだし、『こうでなくてはダメだ』という定型が決まっているわけでもないらしいこともわかった。

要は、卒業文集というやつは本当に書く者次第《しだい》、自由というわけだ。

しかし、だからこそまだ見えてこない。

（あの時、自分のことは自分で決めると定《さだ》めてあの人の下を離れたけど……完全な自由というものも、案外、逆に難しいものだね）

自分が、そこに何を書くべきか。

（いや……何を書きたいか、か）

チョウチョウやメタルに顕著《けんちょ》だったが、これを書きたい！　という個人的モチベーションは案外重要なものらしい。自由すぎる選択肢の中では、それが指針となってくれる。

では、さて己《おのれ》の書きたいこととはなんだろう――とミツキが自身を見つめた時、別の問題が立ちふさがってくる。

書きたいことは、ある。

だが、それは『はっきり書くわけにはいかないこと』なのだ。

そこに至る経緯《けいい》を説明するには、クラスメートたちには偽《いつわ》っている彼の出自《しゅつじ》、親の正体や下された指令、なぜこの里に来たのかなど……さすがに奔放《ほんぽう》なミツキでも、まだ伏《ふ》せておくべきだとわかる機密情報が多すぎるのだ。

もちろん、それらを抜かして書くことは不可能ではない。

だがそれだと今度は、意図がよくわからない支離滅裂なものとなるのは避けられない。

皆の話を聞くうち、卒業文集を、言わばアカデミーという長い一つの任務の記録《ログ》として意識し始めたミツキにとって、それでは意味を成《な》さない記録になってしまう。

(困ったな。こういう場合は、どうすればいいんだろう)

里の街路を足音もなく滑《すべ》るように歩きながら、首をひねって考える。

いっそ、あの口うるさい自称兄貴分の水月《スイゲツ》や、ミツキの『親』であるあの人にでも聞いてみるか——そんな考えすら、脳裏をかすめたその時。

「……そうだ」

まだ、聞いていない相手がいた。

クラスメートの中で、ある意味もっとも特殊な立ち位置にいるあの人物なら……今のミツキにとって有益な情報を示してくれるかもしれない。

*　*　*

「委員長」

「はわっ!?」

里を眼下に見渡せる高台に一人、たたずんでいるところを見つけて声をかけると、スミレはビクッと驚いていつもの口癖を漏らした。

あまりの反応に、普段の癖で気配を消して近づいたのは悪いことをしたかもしれない、という思いがちらりとミツキの頭をかすめる。

「ど、どうしたのミツキくん？」

「うん、少し聞きたいことがあってね。君は卒業文集にどんなことを書くのかなって……君以外にも聞いて回ってるんだけど、参考にしたくて」

その説明を聞き、ようやくスミレは落ち着いた様子になった。それにしても、必要以上にビクビクした奇妙な反応だ。

「卒業文集の参考……ミツキくんは、何を書こうか悩んでるってこと？」

「まあ、そんなとこだね」

そっか――とスミレはうなずき、しばらくうつむいていたが、

「実は私も、悩んでるの。何を書くべきか……ううん、書きたいことはあるんだけど、それはなかなか上手く書けないことなの」

その表情と言葉に、おや、とミツキは思った。

スミレの反応に、自分に似たものを感じ取ったのだ。

「君は……」

「ミツキくんは、よく知ってるよね。入学して間《ま》もない頃、私がこの里で何をしたか……ううん、そもそも何のためにアカデミーにやってきたのかを」

スミレが何を言わんとしているかは、もちろんわかった。

あの『ゴースト事件』と呼ばれた一連の事件……筧《かけい》スミレは、いや、信楽《しがらき》スミレはその首謀者だったのだ。正確には、計画立案者にして真の首謀者である彼女の父、信楽タヌキの怨念《おんねん》に取り込まれ、計画遂行の道具として育てられたのが彼女だった。

そういえばこの場所は――と、ミツキは思い当たる。

ゴースト事件の最終局面、父の手で背中に刻まれた〝根《ね》〟の遺産たる牛頭天王《ごずてんのう》を媒介《ばいかい》として、スミレは異界の魔獣《まじゅう》・鵺《ぬえ》を口寄せした。

そして父の悲願である木ノ葉への復讐《ふくしゅう》を為《な》すべく、この場所から鵺の暴れるさまを見守っていたのである……そこに、『親』から鵺の術者抹殺《まっさつ》の指令を受けてやってきたのがミツキだ。

ミツキとスミレはあの時ここで、それぞれの親の願いを果たすべく、本気の命のやり取りをしたのである。

　ここでいきなり声をかけられたスミレが、ビクついていたのも無理はない。

「……そうだったね。そんなこともあった」

　そう答えると、スミレは少し驚いたような表情になった。

　彼女とは対照的に落ち着いているミツキが、それもそのはず、あの事件のことをさして意識していなかったことが意外だったのだろう。

　ミツキにとってあれは、あくまで任務の一つのような感覚であり、もう終わったことなのだ。だからスミレに悪感情もない……いや、あの時すらその気持ちは特になかった。ただ、目的のためにはやり合わなければならないと割り切っていただけだ。

「……なんだか凄いね、ミツキくんは。私は、あれからもずっと心の中に、あの時自分がしてしまったことが刻み込まれてるし……この場所であなたに声をかけられたら、あの時みたいに反射的に怯《おび》えてしまう……」

　その違いを感じ取ったのか、スミレはどこか遠い目をしてつぶやいた。

　真相を知るいのじんの父サイが『過去の亡霊が起こした事件』と表現したように、抗《あらが》えない父の呪縛《じゅばく》によって操《あやつ》られたスミレは、加害者でありながら被害者でもある。

　事実、牛頭天王のもたらす精神操作の最初の標的となったのは彼女自身だ。それが、彼女の罪に恩赦《おんしゃ》が下されアカデミーに戻れるようになった理由の一つでもある。

だが、かといって彼女自身の罪の意識が完全に消えるわけではもちろんない。

「そんな記憶がある嫌な場所なのに、ここに来ているの？」

「うん……時々。忘れちゃいけないことだとも、思ってるから」

眼下の里を見つめるスミレの視線には、さまざまな感情がないまぜになっているように思えた。

無論それは、卑屈《ひくつ》さや苦しみのそれではない。

変えられない自分の過去と、そして変えられるこれからと、まっすぐに向き合うための勇気と決意の視線だ。

「じゃあ、卒業文集に書けないことってのは——」

「うん……」

あの事件に関わる多くの真実は、他ならぬ火影《ほかげ》ナルトの指示によって一般には伏せられている。それは里に暮らす〝根〟に関わる者たちを守るための処置でもあるからだ。

だから、スミレもあの経緯と、それに起因するみずからの心の中を大っぴらにすることはできない。

それはもどかしく辛《つら》いことでもあるだろう。

まさにミツキがさっき頭をひねっていた、卒業文集に書きたくても書くのがはばかられる内容をどうするか、という悩みに共通するものがそこにあった。

「でもね、ミツキくん。書けることだってあるんだよ」

「？」

そう言って振り返ったスミレの表情は、穏《おだ》やかなものだ。

「出来事じゃなく、気持ち。あの事件を経《へ》て、戻ってこられたアカデミーでみんなに受け入れてもらって……それで私が救われたことや、今、幸せな人生を送れていることへの感謝──そういった気持ちを綴《つづ》ることなら、できると思うの」

風に揺れるスミレのおさげには、新しい髪留《かみど》め……再《ふたた》びアカデミーに帰ってきた時から身に着けるようになった菫《すみれ》のつぼみ型のそれが輝いていた。

父の呪縛から解き放たれ、母の願う自分の人生をようやく歩み始めた証《あかし》としての意味を持つものだ。

「サラダやチョウチョウ、なみだにわさび……私の事情を必要以上に聞かずに、友達として接してくれる大切な人たち。みんなのおかげで、私は信じられないくらい楽しい時間を過ごすことができたんだから」

引っ込み思案な彼女が、名前を呼び捨てにできるほどに親しくなった友達の名の一つ一つを、まるで眩《まぶ》しい宝石か何かのように口にした。

「なるほどね……君はさっき、ボクを凄いと言ったけど、君もなかなかのものだと思うよ」

ミツキは素直な感想を口にした。

ほとんどの人に知られぬまま、現実のままならなさから逃げず、時間をかけて向き合う姿勢は、賞賛に足るものだと思えたからだ。

「私なんか、全然そんなことはないって思うけど……ふふっ、でも、ありがとう。あなたにここで褒《ほ》められるのは、二度目だね」

ゴースト事件の時は、殺し合いの刃《やいば》を交える中での、隠していた実力に対する賞賛のセリフだった。

だが今は、クラスメートとして、友人として穏やかな言葉を交《か》わしている。奇跡的にそうなれたのは……あの時、二人の刃を間に入ってその身で受け止めてくれた、黄色がかった金髪と蒼《あお》い瞳を持つ少年のおかげだ。

「でもボクたちは知ってる。一番凄いのが、誰なのかを」

スミレははにかみつつうなずいた。

「……うん。本当に——」

うずまきボルト。

ミツキとスミレに共通点があるとすれば、共に彼によって導かれ、それぞれの意味で救われ……そして、変われたということかもしれない。

（出来事じゃなく、気持ちなら書ける……か）

それはまさに、ミツキが欲していた突破口だった。

（共通の記録《ログ》ではなく、ボクだけが体験した、ボクだけの記憶なら――）

思うがままに、書いてみよう。

アカデミーで、この里で知ったことを、感じたことを。

かけがえのない彼の太陽のことを。

その気持ちを、とりとめもなく。頭に浮かんだ言葉で。

それが、自分だけの物語の軌跡になる。

夕暮れが迫《せま》りつつある眼下の里を、しばしスミレと同じように穏やかな瞳で眺めながら
……ミツキは今ならば書きたいことがはっきり見つかりそうだと、そう思えた。

第5章　花火彩る夢の空

BORUTO
-NARUTO NEXT
GENERATIONS-
NOVEL 5

――先生が言っていた。

人は、自分が認識できる範囲の世界しか認識できないのだと。

自分たちがどこか遠い国の内戦に涙を流すことができるのは、ＴＶや新聞を通して、それを認識しているからなのだと。

ずっと昔、ボクたちのお爺《じい》さんのお爺さんは、そんなことは考えなかった。

戦乱の世の中で、隣《となり》の村以上のことなどは想像できなかったから、よそ者がいくら死んでも涙できなかったのだ、と。

認識している世界だけがボクの世界で、認識できていないものはボクの世界には存在しない。

それは、あのクラスメートたちにしたって、そうだ。

彼らにはボクの苦しみなんかは認識できないことなのだから、存在しないのだろう。

だったら。

ボクがこの世界から消えることは、この世界が消えてしまうことと、同じことじゃないだろうか？

＊　＊　＊

うずまきボルトが見るに、うちはサラダという少女には色々な側面があるが、その日のサラダは、憤怒《ふんぬ》、という感情が具現化した存在のように見えた。

「いーい、バカボルト」

眼鏡《めがね》の奥で、少女の形のよい目がギラリ、と光った。

比喩《ひゆ》ではない。

瞳術使《どうじゅつつか》いの目にはそれほどの力があることを、白眼《びゃくがん》使いの母を持つ彼はよく知っている。

「オ、オウ」

「卒業前にあたしたちが教室の掃除をするってのは、アカデミーの伝統なわけ」

「そうなのか」

「そうなのよ」

初めて聞いた、という顔をしているボルトに、サラダは初めて知ったんだろうな、という顔で答えた。

「あんたがそれを知らないのはわかってたわ。あんた、さっきのホームルームをサボってたもんね」

「あれは……その、ヒマワリが熱出したからさ……」

「わかってる。それはわかってる。あたしのママのとこに薬を取りに来たのも知ってるわ。連絡があったの。解熱剤の材料が足《た》りなくて、原生林で大蜥蜴《おおとかげ》に追い回されて死にかかったのも聞いたわ。大活躍だったみたいね」

「ま、まーな」

「だからシノ先生も、あんたがサボったことについてはまあ何も言わなかったわけよ。試験の後の授業なんて、消化試合みたいなもんだしね……。他にも何人か出てないのがいるし、普通科の中等部に進む子とかは準備があるし。それはいいの」

サラダの言葉は、冷静に説明する、というものではなかった。

さながら休火山が噴火の寸前に小さな鳴動を繰《く》り返《かえ》すがごとく、己《おのれ》の内なる憤怒を吐き出すその瞬間まで、力を蓄《たくわ》えているのに似ていた。

「だから、あたしたちがピカピカにしたわけ。もう文句のつけどころがなくピッカピカに。徹底的にワックスかけてね」

「凄《すご》かったな」

「ええ。凄かったわ」

サラダが微笑《ほほえ》んだ。

ボルトは、その笑《え》みを見たことがあった。

優しい母が本当に父に対して怒った時に、あるいは原生林で遭遇した体長三十メートルの大蜥蜴が攻撃の前に、見せた表情だった。

肉食獣が牙《きば》を剝《む》く顔である。

「それを」

「あんたが」

「土足で」

「踏み荒らして」

「そのあげくにワックスでスッ転んで」

「机を吹っ飛ばして」

「ドミノ倒しみたいにゴミ箱も倒して」

「すべてがメチャクチャになった」

「それが十五分前」

一言一言《ひとことひとこと》を、サラダは、肺腑《はいふ》のすべての息を吐き出すようにして、かみ砕くように、ボルトに告《つ》げた。

「う…………」

背後には、サラダが語った通りの惨状《さんじょう》があった。

「いや……これは……その……だな……」

「わかってるわ。授業サボったことをシノ先生に謝《あやま》ろうとして、薬を届けてからこっちに来た、で、疲れてたんでブッ倒れた。そういうことよね」

「ま、まー。そういうこった」

「それはシノ先生にも通じてる。だからいいの。ただね」

もう一度。

もう一度、サラダはクラス全員の意志を背負って、にっこりと笑った。

「あんたが責任持って、あとは全部やるのよ」

修羅《しゅら》の瞳《ひとみ》をしていた。

＊　＊　＊

自分の教室を自分で掃除する、というのは忍者学校《アカデミー》の美しい伝統である。

別に生徒に苦役《くえき》を強要したい、というサディズムが故《ゆえ》ではない。

忍者アカデミーの教えている忍術は、たとえ初等教育のものであっても殺人、破壊工作の技《わざ》であり、里を支える秘伝であるから、外部の人間を校内に入れることは難しい。なので、修業の一環として生徒がやる、というのが伝統になっているのである。

だいたい、掃除すらできない忍《しのび》が潜入工作などできるだろうか!?

というわけで、うずまきボルトはただ一人、卒業式を控えた教室の掃除に追われているのであった。

教室の壁に書かれた、「卒業してもお前たちは一人じゃない」というシノ先生の標語が、しみじみと白々しく映る。

「ったくよー」

ボルトの一人が不満の声をあげた。

「いくらなんでも、一人でこの量は無理じゃね？」

「でも」

もう一人のボルトが冷静な指摘をするモードになった。

「オレたちは四人いるわけでさ」

「影分身《かげぶんしん》込みで四人いるったって、オレはオレだろ」

「けど、数の上じゃあ四人だ」

「けどなー」

不満の声をあげたボルトが、手にしたモップをぐるぐると回転させた。

「前に自分四人でボードゲームやった時にわかったけどよ、思考が同じで考え方が同じ人間が四人いると、やっぱり何考えてるかはわかるしさ」

「まーな。術解いた時にお互いの記憶や思考は混ざり合っちまうから、他人とゲームやったような気にはならなかった」

「ソロプレイのゲームを四回遊んだ感じだったな、あれ」

別のボルトが、ワックスをかけながら会話に混ざる。

「あれもダメだったな。花火大会の花火を四方向から違う角度で見るやつ」

「それぞれの花火は綺麗《きれい》に見えたんだけど、あとで記憶を統合した時に、単にあやふやになっちまうんだよな……。チャクラ使ってくたびれただけだから、来年は一方向からのんびり見ようぜ」

「あーあ。父ちゃんみたいに多重影分身が使えれば一発で終わるのかなあ」

四人目が天井を磨きながら会話に加わった。

「父ちゃんの話はやめろってばさ」

「オレたちのチャクラじゃ、父ちゃんみたいなことはできねーよ」

「つーか、したくもねえし。ダッセーだろ、自分が百人いて、里中で雑用やってっとか」

「今のオレたちも十分ダッセーと思うけどな……」

「そこ、冷静になるな！」

「まあ結局あれじゃねえの？　ニンシキってやつだよ」

「なんだそりゃ」

「お前なんでオレなのにわかってないんだよ！」

「わかってるよ。ボケてみたんだよ」

「自分同士でボケツッコミやっても観客いねえからしょうがねえってばさ！」

「で、何が言いてえんだ？」

「つまりだ」

最初に不満を漏《も》らしたボルトが座り込んで説明を始めた。

「オレたちは結局同じオレなわけだから、アタマの中は全部同じなんだよ。何食っても同じ味がするし、同じ映画見たって感想は同じだし」

「そりゃそーだ」

「一度、母ちゃんのケーキを四人で食ったら四倍旨《うま》いんじゃねえかと思ったら、単に四倍の速度でケーキが減っただけだったもんな」

「考えが違う誰かと一緒にやるから、ゲームは楽しいんだってことだろ？」

「そーゆーこと」

「要するに？」

「退屈だってことだよ！」

「文句言わずに手を動かせってばさ！」

ドタバタを続けながらも掃除を続けられるのは、ボルトという少年の美徳であった。

なんだかんだ言っても、根は真面目《まじめ》なのである。

＊　＊　＊

夜の里に、風が舞っていた。

かつては木ノ葉《こは》だけが舞い散る森だったというこの里も、今では電気の明かりに満たされ、雷車《らいしゃ》が走り、コンピュータ・ネットワークによって支配されている。

時代は変わる。

けれど、日常は何も変わらない。
ワクワクする出来事などは何も起こらない。
そんな伝説は大人《おとな》たちのものだ。
ボクは、そんなものは知らない。
これからも、出会わない。
うずまきナルトが作った平和な世界。
何も変わらない世界。
終わらないぼんやりとした、悪夢のような世界。
ボクは。
終わらせるんだ。
この世界を。

＊　＊　＊

ようやくボルトが掃除を終えた時には、とっぷりと日が暮れていた。
夜の校舎には、人影もない。

宿直室にはシノ先生らしい人影があったが、それだけだ。

いつもなら夜間演習をやっているグループがいたりするのだが、今日《きょう》はその姿もない。卒業式を控えて、授業は原則、昼間で終わる。

これは普通科も同様だ。もう、アカデミーにはほとんどひと気はない。

「よし、と」

掃除用具入れに用具をしまい込むのも、四人分だから一苦労だ。

「よっしゃ終わった……」

ヒマワリの熱が下がったのは、掃除を始める時に家に電話をして確認している。電話口の向こうで母がボルトのサボリに怒りつつも感謝していた。

まあ、これについては戻り次第《しだい》、もう一度詫《わ》びを入れるしかないだろう。とにかく兄らしいことはやったのだから、兄らしく詫びるのだ。うむ。

モップを棚にしまおうとして、ボルトはうんざりした顔になった。

棚にモップもホウキも適当に突っ込まれているのだ。

「イワベエたちかな……こういうの適当にやると、オレのせいになっちまうってばさ」

妙なところで細かいボルトは、棚のモップとホウキを整頓することにした。

その時だ。

「ン……？」

小さな、きらりと光る物体が、棚の奥にしまい込まれていた。よく見ると、こぶし大の何かがテープで貼りつけられていた。

普通の人間なら見落としていただろう。

だがうずまきボルトは普通の人間でも並のアカデミー生徒でもないのである。

（誰かの悪戯《いたずら》か？　だとしたらバレバレだぜ）

アカデミー生徒の悪戯は、ある程度大目に見られる傾向がある。誰かを出し抜こうとするのは忍者の本能のようなものであり、どやされはしても、どこか上手《うま》くやった人間を称賛する気分のようなものがある。このあたり、忍は芸術家に近い、と言われる所以《ゆえん》である。クリエイティブな悪戯は、それだけで称賛に値するのだ。

その視点に立つと、同期の悪戯王をもって鳴る——何しろ入学式で火《ほ》影岩《かげいわ》に雷車を突っ込ませた男だ——ボルトからすれば、この悪戯は七十点ほどだった。隠蔽《いんぺい》のために艶消《つやけ》し塗装をほどこし、それを貼りつけたテープまでわざわざ艶消しのものを使い、目立たないようにするまではよかったが、残念、湿気で浮き上がったテープの縁《ふち》から、中身の金具が見えて、光を反射しているのである。

（こういうトラップは、光の当たり方まで考えねえとな……）

ボルトはクナイを取り出し、感圧系のセンサーがないことを確認してから注意深くテープを切断した。クナイは単に打つだけの武器ではなく、このように作業用ナイフとして使うこともできる。忍者の心得《こころえ》である。

「よっ、と」

見た覚えのないトラップだった。

(電波受信機と……それにつながってる発火装置……いや、発火装置の先に導火線があって……さらに別の箱につながってるのか。で、そっちの箱に詰まってるのは……)

ボルトの顔が青ざめた。

花火だ。

小さな発火装置の入った小箱から、掃除用具入れの奥に仕込まれた花火の山に線がつながっている。

冗談ごとではない。

起爆したらこの掃除用具入れは吹っ飛ぶ。

いや。

下手《へた》をすると急ごしらえの——誰かがかつて破壊した——校舎ごと壊れてもおかしくない。

クナイで、導火線を切断する。

さすがに映画に出てくるような、電子機器を使って解除しようとしたら起爆するようなギミックはなかった。

「よっし……これであとは花火の話を先生にして片づけてもらえば、まあなんとかなんだろ……ったく、誰だよ、こんな悪戯すんのは……オレだって最初から物壊すつもりで悪戯したことはねえぞ。シャレになってねえだろ……待てよ」

ボルトの背後を、冷たい汗が走った。

印《いん》を結び、意識を集中させる。

「影分身の術！」

それぞれが、別の方向に走りだす。

嫌な予感がした。

＊　＊　＊

予感は果たして的中した。

「あった！」

「こっちにもあったってばさ！」

アカデミーのあちこちから、同様の発火装置が発見されたのだ。

一つ一つの爆発は小規模でも、これだけの爆破となると、校舎自体へのダメージは避けられない。木造部分への引火のリスクもある。

ただ、妙なのは手口だ。

校舎を爆破するなら花火などという迂遠《うえん》な手段を使う必要はない。起爆札《きばくふだ》を使うほうが手軽だ。電波を使う理由もピンとこない。単に校舎を吹き飛ばしたいなら、火遁《かとん》を使うほうが手っ取り早い。

（テロか……？）

カウンターテロの授業はもちろん受けている。

だが、学校を相手にテロを仕掛ける理由がボルトには見えなかった。

どう考えても的《まと》にするなら火影室や暗部《あんぶ》、さもなければ雷門《かみなりもん》カンパニーあたりであるべきで、学校そのものを爆破するのは動機がわからない。

「これで全部か……？」

見渡す限りの発火装置は解除した。

幸《さいわ》い、仕掛けたのは素人《しろうと》らしい。一度〝ここに仕掛けられるだろう〟という場所を見つけると発見は難しくなかった。ただ、これは探すつもりで探しているから見つかったのであって、普通に暮らしていたのでは見つからない。

素人の仕事だが頭のいいヤツだ、というのがボルトの推理だった。

「だとするとすげー厄介《やっかい》だってばさ」

「わかってんよ」

影分身の自分の指摘は、ボルト自身にもよくわかっていた。

素人が相手ということは、相手が何をするかが読みきれないということだ。何しろ動機すらわからないのだ。アカデミーの演習のように、相手も忍者候補生、こちらも忍者候補生、というのとは違う。裏をかこうとプロが考えることと、アマチュアの突拍子もない発想は違うのだ。

「なら……どうする!?」

三十秒考え、ボルトたちは同じ方向に走った。本体と影分身だけあって、考えることは同じだ。

同じなので、分身を消した。

駆け込んだのは、緊急用の公衆電話機。

ポケットの小銭を放り込み、記憶している電話番号にかける。

＊　＊　＊

「はいもしもしデンキですけど……ああ、ボルトくんか」

新型のコンピュータ・ゲームのテスト機を手にしたまま、雷門デンキは執事がうやうやしく差し出した電話の受話器を取った。

「どうしたの、こんな夜遅くに？」

『悪《わり》ィ、ちょっと聞きたいことがあんだけどさ。ええと……無線受信機〝乙—七型〟ってお前んとこの製品だよな？』

「ああ……」

デンキは少し記憶の糸をたぐった。

「うん。うちが今年発売したやつだね。それがどうかしたのかい？」

『それだ。こいつの電波の受信半径ってわかるか？』

「あー」

デンキは少し苦笑《にがわら》いした。

「そいつの性能なら大したことないよ。訓練用のやつだからね。カタログには二百メートトルって書いてあるけど、実際には建物の遮蔽《しゃへい》とかを考えると百メートルってとこかなあ」

『建物が影響すんのか！』

「そうそう。もちろん、部屋の中にいると届かないなんてことはないけど、入り組んだ建物の中だと、上手く受信できない可能性があるんだよねえ」

『それって、アカデミーなんかでもそうか⁉』

「まーね。野外演習場で使うのを想定した仕様だから。発信機をどっかオープンスペースに置かないと厳しいと思うよ。何、新しい悪戯？　それならやめたほうが……」

『まあ似たようなもんだ！　ほんじゃな！』

いきなり電話は切れた。

「？」

デンキは数秒間だけボルトの意図について考え、そして、ボルトの考えることには何かちゃんとした理由があるのだろう、と楽天的な割り切り方をして、すぐにコンピュータ・ゲームのテストに戻った。

＊　＊　＊

屋上を風が吹きすぎた。

もう、終わらせよう。

終わらせるんだ。

何十回目かわからない言葉を吐き出して、ボクは、今度こそ、発信装置のスイッチを握りしめた。

アカデミー中に仕掛けた花火は、この校舎を倒壊させるだけの威力がある。

少なくとも、ボクのこのくだらない世界を終わらせるには十分なはずだ。

なのに。

ボクにはどうして、その勇気がないのだろう。


そう考えた時だった。

背後で、屋上の扉が開く音がした。

「いた――――――――――！」

＊　＊　＊

ボルトが認めたのは、記憶にない生徒だった。

年齢はボルトと同じくらいだろう。黒い髪を肩のあたりで揃《そろ》えた中性的な顔立ちの少年が、カバンほどもある発信装置から伸びたスイッチを手に、怯《おび》えた目でボルトを見ていた。

そのスイッチが、あの花火の発火装置に同調しているのは間違いない。

ボルトが発火装置を解除したことに相手が気づいたかどうかは謎《なぞ》だ。

だが、ここは花火が残っている、と考えるのが妥当だろう。

ボルトの手裏剣《しゅりけん》が飛んだ。

少年がボタンを押すより早く、十字手裏剣が発信装置とスイッチをつなぐコードを切断する。

「どう……して……ここが……？」

「そいつの受信半径が百メートルちょい。で、これまでオレが見つけた花火の位置から逆算して、受信範囲内でかつすべての発火装置に視界が通る場所ってなるとここだったんだ——起爆時に自分を間違いなく巻き込むってのだけ引っかかったんだけど、一か八かで駆けつけてよかったぜ」

「そうか……さすがは、うずまきボルトくんだなあ」

「へ……知ってんのか、オレのこと」

「キミは有名人だからね……普通科でも」

その言葉で、ボルトはようやく記憶の糸をたぐり寄せることに成功した。

「あ————っっ！　普通科の田宮《たみや》リョウタクか！」

「忘れてたか。ボクは結構意識してたんだけどな」

「……悪《わり》ぃ悪ぃ。でも、一般教科の総合点でオレより上ってそうはいねえからよ。名前は覚えてたぜ」

ボルトは苦笑いをした。

これは皮肉ではない。

ボルトと同等以上の学科成績というとミツキ、サラダくらいのものだ。ボルトは根気がないので暗記ものに弱く、テストの点数にムラがあるのだ。

そのボルトより上の普通科生徒、ということで、名前と顔くらいはボルトの認識にあったのだ。

「ボクも、数学の成績で負けたことがあるのはキミだけだからね。覚えてたよ」

「そりゃどーも」

あの時は母ちゃんに捕まってひたすら徹夜で勉強させられて、その時のヤマが当たっただけだ、とはバツが悪くて言わなかった。

「で……なんで学校を吹っ飛ばそうとしたんだ？　卒業生総代に選ばれたような優等生だろ」

「キミには……わからないさ。キミたち忍術科には……」

「ンなこと言うな！」

ボルトはぎゅん！　と距離を詰めて、リョウタクの胸ぐらをつかんだ。

「わかるかわかんねえかは、話さねえとわかんねえだろ！」

「……わからなかったらどうするんだい」

「その時は……ええと、わかった！　オレが校舎吹き飛ばすのを手伝ってやるってばさ！」

「は？」

「校舎吹き飛ばすって言ってんだよ！　一度吹っ飛ばしたんだから、二回やったっておんなじだろ」

「……き、キミはバカなのか!?」

リョウタクの顔が、今学校ごと自爆しようとしていた人間とは思えぬほど、真っ赤になった。

「そんなことしたら、キミの将来はどうなるんだ！　卒業取り消しは間違いないんだぞ！」

「そんなもん、また来年カカシのおっちゃんをブッ飛ばせばいいだけだってばさ！　大したことじゃねえよ！」

「大したことだよ！」

「何がだ！」

ボルトはリョウタクの瞳を覗《のぞ》き込《こ》んだ。

「目の前で死のうとしてるヤツに、信じてもらえるかどうかがかかってる時に、オレの将来なんかどーだっていいってばさ！」

＊　＊　＊

リョウタクはぽつりぽつり、と話した。

「よくある話さ……ボクは勉強ができるから、クラスのグループにウザがられて……色々やられたんだ。トイレでボコボコにされたり……みっともない写真を撮られたり……まあ……わかるだろ。忍術科にはそういうのはないかなあ……」

「や、まあ……うちのクラスはたまたまなかったけど……どうだろうなあ……」

ボルトだって入学直後はだいぶ陰口《かげぐち》を叩《たた》かれてえらい目に遭《あ》ったものである。

シノが目を配っていた、というのもあるし、ボルトもそれなりにクラスメートのことには気を遣《つか》っていたと思う。

それでも。

他のクラスのことになると、ボルトにもわからない。

断言するのは、無責任なように思えた。

それくらいのことは、わかる。

あの優しい委員長の心の中にあんな陰があることに、ボルトは気づかなかったではないか。

「で……まあ、彼らはボクが卒業生総代に選ばれたのが目障《めざわ》りらしくってね。連日の嫌がらせさ。結局……総代を辞退しなかったら、ボクのみっともない写真をね……バラ撒《ま》くっていうのさ」

「……セコい嫌がらせだな……」

だが、それが死ぬほど辛《つら》いことはボルトにもわかる。

大人にとっては大したことではないかもしれないが、年頃の少年にとって、人前で恥をかかされるというのは、時として生命の危機よりも辛いことなのだ。

「でもさ。卒業したらそいつらとも縁が切れるんだろ？」

「……狭い里だ。上の学校に進学したって、メンツは同じだ。でも……総代を辞退したら」

「連中の思うつぼ、か。だから、死のうってのか？」

「そうだよ。ボクは誰からも必要となんかされない。この世界は、ボクを必要としていない。だから、こんなボクの世界を、このアカデミーごと終わらせるんだ。だから、邪魔をしないでくれ」

「そうはいかねえよ！」

「……どうして。キミがボクを必要としているのか？　そうじゃないだろ」

「……そういうこっちゃねえ！」

「ボクの世界はボクの認識している世界。キミの世界はキミの認識している世界だ。ボクがどうなろうと、キミの世界には関係ないだろう」

「はぁ!?」

ボルトはリョウタクの肩をつかんだ。

「認識しちまったって言ってんだってばさ！」

ボルトの眼は真剣そのものだった。

「もう知り合っちまっただろ！　だったら、おめえが死んだら悲しいだろ！　わけわかんねえこと言うなよ！　いやそもそも、知らないヤツだって死んだら嫌だろ！　頭いいんだからそれくらいわかんだろ！　でもって、やっぱりこうやって知り合っちゃったら、そんなもんほっとけねーってばさ！」

「なんで……キミが泣いてるんだ……？　話の流れからすると、せめて逆じゃ……」

「うっせ――――！　とにかく、この件はオレがなんとかしてやる！　それまで、死ぬなってばさ！」

ボルトはリョウタクの肩をがくんがくんと前後に揺すぶった。

「いいな!!!」

「わ……わかった……わかったから、放してくれ！」

「絶対だってばさ！　いいな！」

そう言って、ボルトはその場を走り去っていった。

「なんだ……忍術科って、みんなああなのか……？」

呆然《ぼうぜん》とその背を見送るリョウタクは、少なくとも、あと一日くらいは生きてみようか、という気になっていた。

＊　＊　＊

「む……ついに壊れたか……？」

宿直室備え付けの年代物のガスコンロは、ボルトどころかナルトが生まれる前から置かれていると言われており、恐るべきことにかつて〝暁《あかつき》〟の攻撃で里のほとんどが破壊された時にすら生き残ったと言われている。

そのガスコンロのスイッチが、いよいよ動かなくなった。

「シノ先生！」

「ボルトか。見ての通り、オレは忙《いそが》しい。なぜならば……」

「そのコンロが壊れてるのはみんな知ってるってばさ！　それよりも！」

「む……？」

そこでようやく、シノは駆け込んできたボルトが真面目な顔でこちらを見ているのに気がついた。

「……まあ、座れ。大事な話があるんだろう？」

「ま、ま一な」

「茶を……いや、茶は無理だな……宿直室特製のミネラルウォーターでも出してやろう」

「それって、水道の蛇口からいくらでも出てくるやつだよな？」

「そういうことだ」

＊　＊　＊

「なるほどな……」

シノはボルトの話を一通り聞き終えると、水道からいくらでも出てくるミネラルウォーターを飲んだ。

「ほっとけねえだろ！　今すぐにでも、そんなことやってる連中をとっちめてさ……」

だが、シノの返事はボルトの想像を超えていた。

「ダメだ」

「なんでだよ!?」

「なぜならば」

ボルトの瞳は怒《いか》りに燃えていた。納得の行く答えが出るまで帰らない、という顔をしていた。

「落ち着いて聞け。まず、田宮リョウタクの訴えが本当なら、適切な処分が必要となる」

「だったら……」

「本当なら、だ。いかなる場合であれ、生徒の片方の言い分だけを聞いて行動することは許されない」

「被害者が言ってんだってばさ！」

「……ボルト。お前の気持ちはわかる」

シノはつとめて、心の中の怒りを抑《おさ》えているようだった。その怒りは、ボルトに対してでも、いじめた生徒たちに対してでもなく、そうしたことを言わなければならない自分に対して向けられているようだった。

「だがな。それだけで判断することはできない。オレは、他の生徒を陥《おとしい》れるために、わざとその生徒がいじめをした、と告発した生徒を見たことがある。たまりかねた被害者が反撃したのを、暴力行為だ、とよってたかって騒ぎ立てた例も知っている」

「………！」

「彼がそうだ、と言っているわけではない。自殺を考えるほどのことなら、もちろん、根拠はあるのだろう。だが、その背後にあるものを見極《みきわ》めずに判断を下すことはできん。うかつなことをすれば、いじめた者たちの更正の機会を奪うことになる」

「そんな連中、どうなっても」

「どうなってもいい、などとは言うなよ」

シノは、いつになく冷静な声でボルトを叱《しか》った。

「罪を犯した者が、ずっと罪人なら、筧《かけい》スミレはどうする」

「委員長は……事情があって……」

「悪《あ》しき心につけ込まれ、あぶなく雷車で人を殺しかかった雷門デンキはどうなる」

「あれは……鵺《ぬえ》が……」

「なら、スミレの責任を問うか。そうはいくまい」

ずず、とシノは湯飲みの水を飲んだ。

「ボルト」

じっと、ゴーグルの奥の瞳が、ボルトを見ていた。

「どこかで終わらせなければならんのだ。これから忍としてやっていくのなら、お前はこういう割り切れない気持ちをいくらでも味わうことになる。いいか。罰は制裁のため、周囲の気晴らしのためにあるんじゃない。罪の償《つぐな》いとして、罪人を社会に戻すために使われるものだ。まして、お前たち子供は間違うのが仕事なんだからな」

「………だったら。どうすればいいんだってばさ」

「冷静になり、考えることだ。お前の感情を満足させるのが目的ではない。誰かの人生に関わるということは、誰かの人生に責任を持つということだ。それが忍として、誰かの人生の一部を請け負うということだ。その覚悟が、お前にあるのか」

「………オレは」

ボルトは考え、考え抜いて、答えた。

「オレは、あいつをほっとけねえよ。だって、学校ごと自爆なんかしたって、いじめてた連中は笑うだけで、あいつの苦しいことなんかわかるわけねーってばさ。それじゃ、ダメなんだ……あ」

「そうだ」

シノは、唇《くちびる》の端で笑った。

「あいつを直接いじめた連中をオレたちがとっちめたって、それだけで、あいつの気持ちが明るくなるわけじゃない……」

「ああ。なぜならば、それで問題が消えてなくなるわけではないからだ」

「そうだよな……」

スミレの時もそうだった。かぐらの時も。

彼らを追い込んだのは、誰か個人ではない。

世界のすべてが敵なのだと。

救いなどないのだと。

「オレ……なんとかできるかな」

「わからん」

シノは大きく息をついた。

「すまんな。だが、教師というのは所詮《しょせん》、お前たちの人生の一部に関わるだけだ。お前たちの人生のすべてを照らしてやれるかどうかはわからないのだ」

「しっかりしてくれよォ！」

「……そうだな。だがな、ボルト。昔、こんなことがあった」

「昔？」

「オレのアカデミーの同期に、ひどくいじめられていたヤツがいた。そいつは、オレたちからほとんど無視されていた落ちこぼれで、オレたちの間ではバカにしていいことになっていた」

「ひっでえな！」

「……ああ、ひどい話だ。オレは……それに荷担《かたん》していたわけではないが、だからといって、そいつをかばったりもしなかった。仲良くもなかったし、友達だと思ってもいなかった」

「そいつ……どうなったんだ？」

「凄いヤツだよ」

シノは遠くを見た。窓を通して、はるかな空を見ているようだった。

「そいつは本当に頑張って、いじけずに、くじけずに頑張って、本当に凄い忍者になった」

誰のことだろう？　とボルトは思ったが、シノの同期は多く、心当たりはまるでなかった。

(少なくともオヤジじゃねえだろうな)

年中能天気に笑っていて、超人で、里の英雄のナルトなら、きっとそんな過去とは無縁だろうから。

「……忍者になったそいつは、オレを友達と呼んでくれた。気恥ずかしかった。オレは……ある日そいつに聞いた。どうして、頑張れたのかと」

「どうしてだってばさ？」

「イルカ校長だ。先生だった頃の校長が、自分を信じて、わかろうとしてくれたから、自分は頑張れたのだと。そいつは笑ってオレに言ったよ」

「それで……先生に？」

「それだけではないがな」

シノはぽん、とボルトの肩に手を置いた。

「ボルト。お前一人なら、なんとかできないかもしれない。だが、オレたちならどうだ？なぜならば……」

「一人じゃねえから！」

「そうだ」

シノは破顔した。

「作戦会議だ。ボルト」

＊　＊　＊

そうして、卒業式の日が来た。

早咲きの桜が校庭に咲き、きらきらと輝いている。

卒業生一同も、それぞれに正装して、緊張した面持《おもも》ちでパイプ椅子《いす》に座っている。

小さな虫が一匹、そんな卒業生たちの間を縫うようにして飛んでいった。

さすがに今日ばかりは出席しているナルトが、イルカ校長に乱れた襟元《えりもと》を直されている。のどかなものである。

入学式の時に比《くら》べると、卒業生はだいぶ減った。イワベエに言わせれば、これでも多いほうらしい。そのイワベエも、ようやくの卒業に男泣きに泣いていた。

「ボルトくん、来てないのかな……」

委員長が心配そうにパイプ椅子の上で身じろぎをした。

「おっかしーわね。校門くぐるとこまではいたんだけど」

「探したほうがいいかな？」

「あー」

サラダは教職員の列に並ぶシノを見た。

いささかも慌《あわ》てた様子《ようす》がない。まるで、こうなることがわかっていたようだった。

「大丈夫なんじゃないかな？」

「……大丈夫、かな？」

「ま、入学式がアレだったんだからさ。たぶんあいつ、なんかやらかす気だよ」

サラダはにこりと笑った。

だいたい、うずまきボルトという幼なじみは、いつもそうなのだ。

＊　＊　＊

「リョウタクのヤツ、欠席らしいぜ」

「ようやく言うこと聞きやがったか。ったく、ガリ勉がいい気になりやがってよ」

「ああいうのに言うこと聞かせないとチッジョが保てねーんだよ」

「結局忍術科が総代やるってのはしゃくだけどさ」

どこかで、囁《ささや》き交《か》わす声が聞こえた。

＊　＊　＊

「それでは、卒業生総代の田宮リョウタクが欠席のため、総代は代わって、うちはサラダ」

「はい」

火影を目指す少女は、すっ、と立ち上がった。

その時だ。

「待ったぁ！」

やっぱりね、とサラダはあきれたように笑った。

校舎の上に立つ二つの影。ボルトと、リョウタクだった。

「世話になった先生とみんなに」

すっ、と進み出たリョウタクは、少し震えた声ながら、こう告げた。

「ボクたちからの、お礼です」

「行くぜぇ！」

リョウタクが手にしたスイッチを、押した。

ばぁん！

ばぁん！

ばぁぁぁん！

爆発音が断続的にして、ついで、空に炎が上がった。

「うわあ……」

誰もが空を見上げていた。

花火だった。

そこにはいささかも忍術など介在していない。人の技術が、知識が生み出した、忍ではない生き方を示す光だった。

「ボクは普通科の生徒として、これから、忍者に負けない世界を作っていきたいと思います。これが、ボクたちが教わったことの、答えです。ボクが認識している、世界です」

リョウタクは笑っていた。

確かに笑っていた。

＊　＊　＊

後ろ暗い意識のある者は、闇《やみ》を好む。

校舎裏に集まっている普通科の生徒たちも、そうだった。

「あの野郎！　なめた真似《まね》しやがって！」

「パンツ一丁でオレたちに泣き入れてたくせによ……！」

「こうなったら、写真をバラ撒いてやろうぜ！」

頬《ほお》にまとわりつく羽虫を払いながら、彼らは自分たちの独善的な言動に酔いしれ、恥じることがなかった。

「そうだよな！　先に約束を破ったのはあいつなんだ。どんな目に遭ったって……」

「なるほど」

不意に、背後で声がした。

そこに立っていたのは、シノと、イルカ校長である。

「い、いつの間《ま》に……!?」

「話は聞かせてもらったよ」

イルカの声は、悲しそうだった。

「リョウタクが派手に動けば、そこに対して怒りを燃やす者がいる。それが脅迫者だ、ということだ」

ぷうん、と少年たちにまとわりついていた羽虫が、シノの体内に吸収されていった。

「き、きたねえ！　盗聴してたのか!?」

「生徒全員を盗聴するほど、オレたちは手ひどくはない。動きを見せた者をこの蟲《むし》に検知させていただけだ」

シノは短くかぶりを振った。

「残念だが、君たちの素行については調べさせてもらうことになる。卒業取り消しもありえるだろう……私はキミたちにとことん付き合って、キミたちがどうあるべきだったかを教えるつもりだ」

イルカの顔には、教育者としての威厳と責任があって、それ以上の生徒たちの反論を封じる力があった。

＊　＊　＊

「ありがとう」

舞い散る桜の下で、リョウタクはボルトに頭を下げた。

「あんなことができるなんて……思わなかった。気持ちよかったよ」

「だろ？」

「学校を壊すための花火で学校を飾って……拍手されるなんて思わなかった。あの勇気があれば……進学しても、ボクはやっていけると思う。キミが背中を押してくれたおかげだ」

「……バッカ」

ボルトの頬が赤く染まっていたように見えるのは、桜の照り返しだけではなかっただろう。

「おめーは最初っからスゲーやつなんだよ」

「そ、そうなのかな」

「勉強のこっちゃねーぞ。いくら大掃除の隙《すき》をついたにしても、忍術科の爆破寸前まで行ったんだ。お前なら、忍者でも全然やってけるぜ」

「そんなこと……考えたこともなかった」

「だからさ」

どん、とボルトはリョウタクの胸を押した。

「だから、おめえはすげえことができたんだよ。あの花火見ててみんな笑ってた。バカにされたら、あの花火を思い出したらいいんだって」

「でも、それはキミが手伝ってくれたおかげだ」

「オレはただ、なんかデカいことやって、あいつらの度肝《どぎも》を抜いてやろう、って言っただけだってばさ。オレのバカに、リョウタクが理由をくれたってことさ」

ボルトは照れくさそうに鼻の下をこすった。

「な、今から友達と卒業写真撮るんだけど、一緒に撮らないか?」

ボルトの指差す先には、サラダたちが首を長くして待《ま》ち構《かま》えていた。

「……やめておくよ」

リョウタクは首を横に振った。

「なんでだってばさ！　もうオレたち、友達だろ!?」

「ボクが、キミと堂々と肩を並べられる立派な人間になったその時に、一緒に写真を撮りたいんだ」

「……………そっか」

「その代わり、また学校でトラブルに巻き込まれたら、次は遠慮なく下忍《げにん》を雇《やと》うよ。うずまきボルトを指名して、ね」

「頼りにしてるぜ！」

ボルトはばん、と肩を叩いた。

「友達、だからな！」

＊　＊　＊

「じゃあ、撮るよ！」

セルフタイマーのセットをしたデンキが、慌てて席に戻った。

「……そういえば」

「ん？」

シカダイが不思議そうな顔で、ボルトの顔を覗き込んだ。

「どした？」

「いや……結局シノ先生の友達のこと、聞くの忘れたな、と思って」

けれど、ボルトは、すぐにそのことを頭から振り払った。

そんな辛い過去を乗り越えた人は、それを自慢にしたいわけではないだろう。

きっと、その辛さを礎《いしずえ》にして生きている、立派な人なのだろう。そういう大人になれるだろうか。

（きっと、なれる。ダセエ大人じゃなくて、すげえ大人に。シノ先生たちみたいな、すげえ大人に）

空を見上げた。

ひどく綺麗な空が、きらきらと輝いていた。

「そういえば、シノ先生はどうした？」

「ゴメン。呼んだんだけど、まだ来てないみたいだ」

「呼んだって、お前が？　ミツキ」

「うん。そういえば校庭としか言ってなかった」

「ええええええ」

「もうセルフタイマー押しちゃったよ！」

「はわわ」

またこれだ。

どうもしまらない。

視界の端から、ようやく撮影場所を見つけたシノが、ナルトと木ノ葉丸を連れてファインダーに飛び込もうと走ってきた。

「撮るよー」

そうして、シャッター音が鳴って。

始まりを告げる光が、ボルトの前に広がっていく。

人は認識したものしか世界とすることができない。

だから、ボルトにとっての世界は今はまだ、この校庭と里だけにとどまっていて、その蒼《あお》い瞳に映る空も、まだ同じ色をした空に過ぎない。

けれど。

その世界は広がっていく。

広がって、こだまして、やがて大きな渦巻になる。

「見てろよ」

ボルトは、式典を終えて消えていく父親、その背中を見た。

「かならず、ギャフンと言わせてやるからな、クソオヤジ！」

拳《こぶし》を高く掲げる。

太陽に、向かって。

■初出
BORUTO -ボルト- -NARUTO NEXT GENERATIONS- NOVEL5 書き下ろし

この作品は、TVアニメーション
『BORUTO -ボルト- NARUTO NEXT GENERATIONS』を
ノベライズしたものです。

BORUTO -ボルト-
-NARUTO NEXT GENERATIONS-
NOVEL 5
忍者学校最後の日!

2018年 1月 9日 第1刷発行

原　作 岸本斉史 池本幹雄 小太刀右京
小　説 重信康（チーム・バレルロール）

装　丁 高橋健二（テラエンジン）
編集協力 添田洋平（つばめプロダクション） 長澤國雄
編 集 人 島田久央
発 行 者 鈴木晴彦
発 行 所 株式会社 集英社
〒101-8050 東京都千代田区一ツ橋2-5-10
TEL 03-3230-6297［編集部］
03-3230-6080［読者係］
03-3230-6393［販売部・書店専用］

印 刷 所 共同印刷株式会社

Printed in Japan
ISBN978-4-08-703442-4 C0093
検印廃止

NARUTO -ナルト- BORUTO -ボルト- 小説シリーズ

忍年表

10数年前

うちはイタチ木ノ葉を抜ける！

JC1巻

1：うずまきナルト！！

●落ちこぼれの忍ナルトは火影を目指す！

JC72巻

699：和解の印

●ナルトとサスケ「終末の谷」にて決着！！

●第四次忍界大戦終結！！

数ヶ月後

はたけカカシ六代目火影就任！！

◎サスケ、木ノ葉隠れの里を去る

2年後

奈良シカマル忍連合の重役に！！

真伝シリーズ

イタチ真伝
【光明篇】

真伝シリーズ

イタチ真伝
【暗夜篇】

秘伝シリーズ

カカシ秘伝
氷天の雷

秘伝シリーズ

シカマル秘伝
闇の黙に浮ぶ雲

10数年後

うちはサスケ贖罪の旅の真実！

JC72巻

700：うずまきナルト！！

◎ナルト七代目火影となり木ノ葉を治める！！

先代火影の忍び旅、新世代の中忍・ミライが護る！！

うずまきボルト忍者学校《アカデミー》に入学！！

真伝シリーズ

サスケ真伝
【来光篇】

木ノ葉新伝
湯煙忍法帖

BORUTO -ボルト-
-NARUTO NEXT GENERATIONS-
NOVEL 1

大筒木トネリ襲来!!

映画ノベライズ

THE LAST
-NARUTO THE MOVIE-

数ケ月後

サクラ木ノ葉病院内に新施設創設!!

秘伝シリーズ

サクラ秘伝
思恋、春風にのせて

六代目火影より特別任務発令!!

◎ナルトとヒナタ結婚!!

秘伝シリーズ

木ノ葉秘伝
祝言日和

数ケ月後

風影・我愛羅、20歳に!!

秘伝シリーズ

我愛羅秘伝
砂塵幻想

うちはサスケ〝暁〟に家族を殺された兄弟と出会う

秘伝シリーズ

暁秘伝
咲き乱れる悪の華

JC

『NARUTO-ナルト-外伝 ～七代目火影と緋色の花つ月～』

BORUTO -ボルト-
-NARUTO NEXT GENERATIONS-
NOVEL 2

BORUTO -ボルト-
-NARUTO NEXT GENERATIONS-
NOVEL 3

霧隠れの里へ修学旅行!!

BORUTO -ボルト-
-NARUTO NEXT GENERATIONS-
NOVEL 4

忍者学校《アカデミー》卒業!!

BORUTO -ボルト-
-NARUTO NEXT GENERATIONS-
NOVEL 5

ボルト中忍試験中に大筒木モモシキが襲撃!!

映画ノベライズ

BORUTO -ボルト-
-NARUTO THE MOVIE-

JC

『BORUTO-ボルト- -NARUTO NEXT GENERATIONS-』へと続く!!

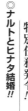

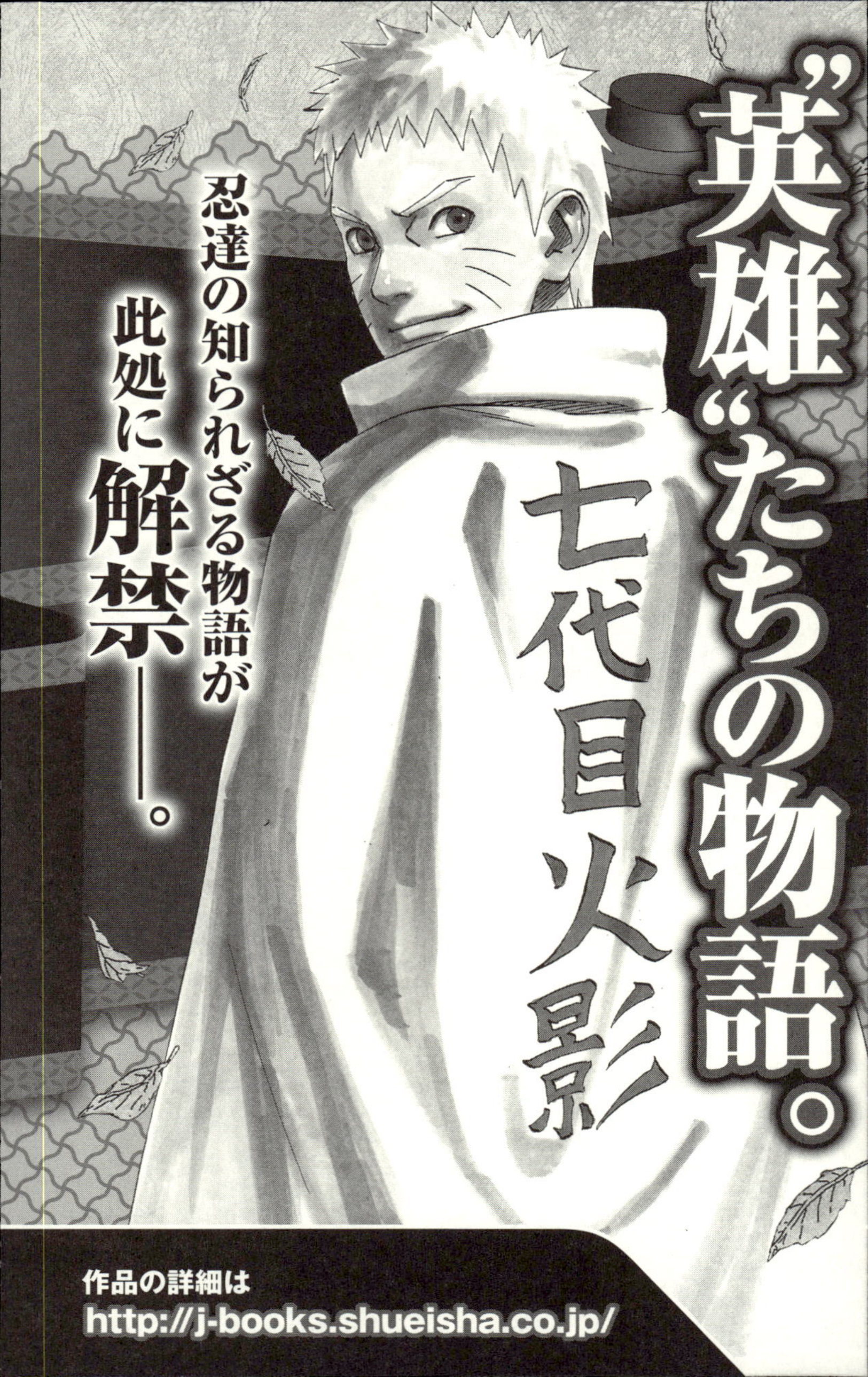

"英雄"たちの物語。
七代目火影
忍達の知られざる物語が
此処に解禁──。
作品の詳細は
http://j-books.shueisha.co.jp/

希望と絶望の物語。
NARUTO
SHINDEN
ナルトシンデン
第壱弾
第弐弾
イタチ真伝
【光明篇】
【暗夜篇】
サスケの兄にして、
木ノ葉隠れの里の裏切り者、
うちはイタチ。
惨劇の夜、その真実が明らかに。
原作 岸本斉史
小説 矢野 隆
好評発売中

贖罪の物語。
真伝
第参弾
好評発売中
原作 岸本斉史
小説 十和田シン
大筒木カグヤの謎を追って
旅に出たサスケ。
そこで出会ったのは、
かつての己の闇だった。
サスケを激しく憎む、
紅く燃えた瞳の真実とは？
【来光篇】
サスケ真伝

新たな物語へ――。
英雄とその子らが集結！
BORUTO
-ボルト-
NARUTO THE MOVIE
原作 岸本斉史 小説 小太刀右京
ボルトたちが中忍試験に挑戦！
そのとき、大筒木一族の新たな強敵が
木ノ葉隠れの里に襲いかかる!!
2015年公開の
劇場版
小説化
絶賛発売中!!